若等，若寻

七九 著

長江出版傳媒
长江文艺出版社

图书在版编目(CIP)数据

若等,若寻/七九著.—武汉:长江文艺出版社,2016.2

ISBN 978-7-5354-8487-1

Ⅰ.①若… Ⅱ.①七… Ⅲ.①诗集-中国-当代 Ⅳ.①I227

中国版本图书馆 CIP 数据核字(2015)第 264376 号

责任编辑:沉　河　　　　责任校对:陈　琪

装帧设计:子青左　　　　责任印制:左　怡　包秀洋

出版:长江出版传媒 | 长江文艺出版社

地址:武汉市雄楚大街 268 号　　邮编:430070

发行:长江文艺出版社

电话:027-87679360

http://www.cjlap.com

印刷:南京工大印务有限公司

开本:880 毫米×1230 毫米　1/32　印数:8.5　插页:4 页

版次:2016 年 2 月第 1 版　　2016 年 2 月第 1 次印刷

行数:4588 行

定价:79.00 元

这位诗人：

七九，曾用笔名79秒，原名周炀，诗人，作家，海归，现居华东。七年以来，诗人创作了数百首作品，并在新浪等多家网站开有博客。其作品入选《中国网络诗歌史编》、《星星》诗刊等多种刊物，出版诗集《蜥蜴花》、《若等，若寻》。

个人诗观：诗人是十分重要的文化传播者，应当承担宏扬文化、保护历史、歌颂人性、引导道德的社会使命。

这本诗集：

《若等，若寻》是作者七九的第二本诗集，共分为4辑，分别为：以12个月为主题的组诗《短城》，以131种动物为主题的系列诗《标本园》，以全天88星座为主题的印象诗《读星术》，以12种颜色为主题的风格诗歌组合《色·情》。

在《短城》和《标本园》两个专辑中，作者暗示了自己作为旅行者兼诗人的身份，每一首诗里都暗藏了地球上的某一处景点，让人读完后不禁会燃起环球旅行的冲动和向往；而在《读星术》专辑中，作者搜集了天文学上著名的88星座及其命名来源的故事,刻意以极其简短的心灵语言和看似空洞的感情宣泄,向那些在社会中迷茫、在感情中挣扎的年轻人,释放自己的共鸣。

七九是一位拥有高超文字天赋的作者,他的诗歌秉持学院派的韵律性和节奏感,继承了古典派对诗歌语言和音调的要求。他坚守着传统新诗的原则和荣誉感,无论是谈情说爱还是嬉笑怒骂,都透着浓浓的绅士风度。七九也是一位矛盾的诗人。你可以从他的作品中发现,即使每一篇诗作都透着无比的想象力,但是同时,一种“努力控制住自己的思想,不让它脱缰于天际”的约束感仍然充斥全书。也许,正像他自己说的那样,“我想让自己融入大海,而不是独飞蓝天”。

这是一本,适合坐在寂静里,端着杯子,伴着音乐,轻轻朗读的书。

不出声的默念,那将是毫无意义的体验。

在辽阔的象征中穿行

★靳晓静

天地万物，无不与人相衬相似相通相融，据此，由物象写心象，便是诗人手艺上的通灵术。诗人七九的这本诗集，可以看作是这种“通灵”的证据。这些诗，在天地间无穷的象征中穿行，融在其中的人文情怀和生命感受，酿出了自己独特的诗意空间。

诗人七九的视野是辽阔的，并且，对抵达某种极致有着少有的执着。他写时间，从一月到十二月再到农历中的24个节气，一个不漏地逐一写来；他写空间，可将全天的88星座全部入诗；他写动物，竟一口气写上百种。诗人写作中的这种极致状态，可以理解为一种艺术上的野心。

这些整体上带有极致状态和充满象征意味的诗，凝炼精致是其显著的特点，以《四月》一诗为例，“列车启动/臃肿的四月在窗外缓慢向右边移走/一系列的影子从我脸上闪过/那是贝加尔，那是乌拉尔，那是伯力/毫无畏惧/我们企图穿越八个寒冷时区/试验六千一百三十英里的爱情”，全诗只有七行，可在阅读时，感受远远不止七行。这种容量和意蕴，足见诗人在诗意凝炼上的功力。象征和中国画似的留白，在诗的凝炼上发挥了作用。这首诗中的抒情主人公，似在画内，又在画外，由此以极少的语言呈现了丰富的内涵，这七句短诗中似乎还暗藏着一个带有四月情怀的爱情故事。再回头看，这个丰富的故事是用七行短诗完成的，这种凝炼和弹性，实属难得。这里对这首诗多说了几句，是因为集子里的诗大多具有这种艺术特点，以此为例，其他就不一一列举了，细心的读者可在阅读中去领会。

这些诗的另一特点，是以象征手法表达强烈的情感。以《十二月》一诗为例，“最后一个月/风把什么都吹走了/除了钟的秒针/远远的，十二圣徒，生硬地割开晨曦/我望着/像个等不到宠幸妃子”。这首只有六行的诗，画面感和情绪都异常强烈。十二月是岁之末或生之末或事物的终点，等等，这种时间的节点本身就令人唏嘘，在“风把什么都吹走”之后，诗人表现了生命意义上的眺望和追寻，他望着被十二圣徒山割开的晨曦，像个等不到宠幸的妃子，这一笔写得非常漂亮，将时间的流逝中生命的渴望表现得十分动人。所谓情景交融是个老话题了，但有时候老的手艺仍然十分管用。

诗人七九手中仿佛拿着一面象征之镜，这面镜子可以聚焦，也可以折射。如诗人写了大量的动物，基本上就用了折射的手法，这种折射，通过动物照亮了时间、空间和复杂的生命体验。以《牛·逍遥者》一诗为例，“湿婆将它借与我/在阿格拉的山头踩过/夕阳无声/红堡露出泪痕/沙贾寒望眼欲穿的那一箭之遥/我骑牛儿却走出千里迢迢”。这首写牛的短诗，以神话为依托，表现了人性的沧桑跋涉之感，这就是一种很漂亮的折射。又如《狗·无虑者》一诗，“湿冬的外滩细雨纷纷/你我依偎伞下，踱着/抚过老银行的蹉跎外墙/一家接着一家/倘徉，七十年前奢侈的惆怅/狗儿在脚下，自由奔跑/追着尾巴，简单快乐/可它嗅不出/我们竟还是这样的孤独”。这首诗以狗嗅不出人的孤独这立意，用的不是折射，而是反射的艺术手法了。由此可见，象征之镜在诗人手中用途多多，可以聚焦，可以折射亦可反射，这种诗歌意义上的镜花水月，为这些诗增色不少。

纵观这本诗集，诗人在诗的艺术上收获颇多，从象征、意象到语言的凝炼和弹性，都表现出了卓越的才能。某种对极致的追求，让诗人作了很多的尝试，形成了多种风格，这种“打遍天下”的尝试，既可以滋养诗人的艺术土壤，但亦要防范过于形式化，而将诗人带向方向不明之地。无论如何，个人生命中那些刻骨铭心的经验，永远是诗歌的原汁，用什么来装这些原汁，是诗人的自由，但只要有原汁，这生命的琼桨，即使装在一个简单的漂流瓶中，被人拾起时也足以让人动容，谨以此与诗人共勉。

（靳晓静，《星星》诗刊副主编）

特别的七九，特别的诗

★汪其飞

缘分，就像上帝手中的骰子，冥冥之中自有定数。很荣幸能够再次读到七九的第二本诗集《若等，若寻》。认识七九是幸运的。记得2011年，七九委托我们出版他的第一本诗集《蜥蜴花》，该书于2012年初面世。当时，七九还特意致电并雅赠签名诗集以示感谢。现在，这本《蜥蜴花》正和阿多尼斯、特朗斯特罗姆以及其他优秀诗人的诗集一同站立在我的书架上。相识的时间越长，我愈发觉得他是一位十分独特的诗人，有个性，有品位，懂得感恩，凡事精益求精。我确信我要用一生来珍惜这位朋友，仿佛珍惜第二个太阳。

他喜欢旅行，他的旅行没有计划，没有特定的目的地，常常是兴之所至，世界的任何一个地方，都是他所向往的。每到一处，他都会告诉世界他的感受、那里的奇趣风俗，而且他用的是一种特别的方式——诗歌。

七九朝着诗歌，不停地行走。一路上，他流连于历史的废墟，感慨世事兴衰变迁；他嘲笑国王的无知，悲悯爱情的伤逝；他热爱自然，赞美自然，并且善于在不怎么吸引人的地方发现不为人觉察的美。所有这一切，构成了诗人别样的情怀。七九的诗包罗万象，爱情、天地、人间、自然、宇宙、星宿、色彩等等，甚至还有动物以描述世间的美丑。

七九的诗是创新的，宛如偶然之手佩戴的戒指。他想象着他爱情的清泉，从十二个月里流淌出来，进入诗歌里，化身为一朵朵芬芳的玫瑰。他的爱情“来得太突然”，而且像那个“七月”一样“太漫长”，但是他对爱情的信仰却是“直到冰山融化/直到磐石灼烧”；爱情是幸福的，“照亮我的整个十月”；爱情赐予的力量是伟大的，“毫无畏惧/我们企图穿越八个寒冷时区/实验六千一百三十五英里的爱情”；是的，爱情是永恒的，“风把什么都带走了，除了钟的秒针”。七九对爱情的体验是细腻的、热情的、深刻的，我们需要这样像大海一样的爱情洗涤我们贫瘠的心灵。

在七九灵性的诗中，我喜欢他对自然界的动物与众不同的表达方式，他赋予了它们不同的个性，不同的命运以及不同的归宿。在他眼中，火龙成了悲惨的受祭者；灰熊成了浪迹丛林的亡命徒；而鹰则成了荒芜玛雅的徘徊者……

这些或奔跑或飞翔的大地的精灵，就像人类的生存一样，热闹而孤独，复杂而简单，丰富而单纯，火热而冷寂……似各自独立，实则命运休戚。它们和我们人类何其相似。我想，诗人在描述它们时，一定是有所隐喻的。这些隐喻，在词语的胸中，扑闪出了翅膀。你看，他从被杀戮的牦牛中“悲哀政治的无理”“愤怒宗教的无情”；从马的奔波中叹息“迷茫的爱情”和时间的“一望无际”；他同情猪“生在黑海的角落，永远过着悲惨的生活”；他痛恨水蛭“不费吹灰”“血池肉帘”……

我想，诗人希望的世界是美好的、和谐的，他以一颗善良的心祈祷着这个世界。然而，太多的战争与杀伐，让许多人陷入了贫困与痛苦的深渊，当灾难埋葬了爱和怜悯，他们都成了世界的孤儿。为此，诗人的柔肠通过若干种动物，传递着怜悯与关怀，并对罪恶的杀戮做着有力的抗议和控诉。

康德说，他始终关注着两件事，即头顶的星空和人类的心灵。而宇宙的星空始终是人类的精神象征，闪烁的星光也昭示着人类的命运，它高悬在我们头顶，让我们懂得敬畏并为我们的精神导航。

七九用他那神奇的笔描绘出了星宿的缤纷命运，他试图从神秘的星宿中找出人与自然的某种感应从而解开它的密码。他咏叹牧羊座“最刻骨铭心的/不是亘古不变/而是那时的/你情我愿”；形容狮子座“你永不认输/直到生命之终”；感慨室女座“你回归后的每一次离开/将又是一场春去冬来”；还有猎犬座“直到你生命最后一刻/才知谁人不可追随一生”……

也许，我们生活的地球与星空之间存在着互为难解的秘密，彼此之间因遥远的距离又形成了神秘的诱惑。而诗人的心却似乎与它们有着某种默契，他借用了诗的密码让人类的心灵与星宿形成一种对应。

读七九的诗，我常常想起瑞典诗人特朗斯特罗姆，这个诗坛的怪才，以奇幻、诡谲的意象与世界对话，他“用洗练、透彻的意象为我们打开了一条通往真实的新径”。而七九的诗却与他有异曲同工之妙。七九的每首诗几乎都带有象征和隐喻，有时清丽可人，有时又云诡波谲。而他们最大的共通点，都是以诗歌的良心表达着对大自然的向往与热爱，对人类命运的关切和对未来的乐观。

七九的诗是一面镜子，是第二张脸，第三只眼睛。所以，我常常开玩笑地说，读七九的诗，是非常伤脑的一件事，他不会让你坐享其成，你得穿过那层迷雾才能一揽胜景。然而，读七九的诗，又是一件很享受的事，因为他调动了你的思维，调动了你所有的神经和感官，让你在谐趣和行走中完成别样的心灵之旅。

最后，我祈祷，七九不要停止诗歌前进的脚步。我坚信，那诗歌之灵气，必将升华而成为空中之云！

（汪其飞，《星星》诗刊图书出版中心编辑，独立出版人，诗评人）

目 录

第一辑 短城

第二辑 标本园

第三辑 读星术

第四辑 色·情

第一辑 【短城】

我出生在北半球的十二月，寒冷的时节。

你呢？

故事，就从这十二个月的旅行开始了。它伴随着你所经历的孤独、温暖、喜悦和沉默，一路走去。朝着那些你或在向往、或在躲避的地方。

这开篇的十二首情诗，献给在这十二个不平淡的自然月里出生的人们。你们会在这里找到属于你们的那首诗。

请循着你生命开始的那个月份，独自走进这座静静等待着你的，短城。

一 月

一月来得太突然
梦还没醒就要做起祷告

神开始普照
直到冰山融化
直到磐石灼烧

当午
我无力地靠在信仰身上
射下最后一个太阳

二月

穷人们勉强遮风挡雨的蜗居
在游手好闲的高贵人种眼中
竟是值得收藏的艺术品

仅仅因为
它们有蓝色的门

于是　趁二月未完
赶紧把自己也涂上蓝色
梦想着你把我带离道斯普韦布洛

三月

你指着那里目瞪口呆
火星好美哦

我转过身泄气地说
那是三月的亚利桑那
我们别离的地方

你记性可真差

四月

列车启动
臃肿的四月在窗外缓缓向右边移走
一系列的影子从我脸上闪过
那是贝加尔　那是乌拉尔　那是伯力

毫无畏惧
我们企图穿越八个寒冷时区
试验六千一百三十五英里的爱情

五月

你循声而望
赶鹅人把脸埋在斗笠下　躲进嘈杂
擦肩而过

大雨倏地泻下来
你无奈抬头看五月的天
却看见斗笠的圆心

身边　湄公河在泛滥
我的鹅群在洗澡

六月

锡耶纳陈旧阁楼 阳光爬上爬下
六月的风唏嘘 窗帘吹向蜡烛
它们汗流浃背

乱世里
你可以艳羡什么
我可以流落什么
到底

回望十七世纪

七 月

看象人睡了
巴迪亚响彻鼾声
再高的尼泊尔蓼也遮不住

雪峰还在很远处
这个七月太漫长

八月

在八月正中出生的女王
用眼神催眠我握刀的手掌

潘提翁上
星辰落尽

你的微笑仍包容我
如同基克拉迪挽救落海唐璜

九月

你把九月俊俏的娃娃扔在我脸上
我慢慢地捡起来　塞进你怀抱
静静等你再次扔回来

真正爱你的人　不会从 60 英尺坠落
还说不疼

十月

我在背后的故事里航行百年
直到看见灯塔

比斯坎的湾潮总带来飓风

可你依然立在那里
照亮我的整个十月

十一月

我平躺在这些寒冷层段上
妄图融化它们中的一部分

结果　温暖的十一月
一个傻瓜被莫莱诺冰河淹没

她只在下游寻到他的棒球帽

十二月

最后一个月
风把什么都吹走了
除了钟的秒针

远远的 十二圣徒 生硬地割开晨曦
我望着
象个等不到宠幸的妃子

第二辑 【栎本园】

走过了这一整年的旅程，那些有形或无形的，有声或无声的风景和故事，是让你心生疲惫，还是让你充满怀想？

在你的生命中，那些来来去去角色各异的人，他们大致就像这自然界的一些活物，在某处出现，让你分神，然后又悄悄消失。

我不知道。

也许，我笔下的这些动物，在某时某刻，又能让你想起一段未尽的旅程来。

那么，继续随我走完它吧。

牛·逍遥者

湿婆将它借与我
在阿格拉的山头踩过

夕阳无声
红堡露出泪痕

沙贾寒望眼欲穿的那一箭之遥
我骑牛儿却走出千里迢迢

羊·抛弃者

我引着美利奴羊群向日落进发
本就不显眼的吉隆城悄悄陷进山坡背后

遥远的阿蒙神大手一挥
羊儿惊慌失措
四散逃逸
无影无踪

就象那些曾经历的爱情一样

火龙·受祭者

布蓝克丘的异教徒们
在新月之时
将加泰罗尼亚最美丽的处女献祀

任凭眼泪和祈祷
神都不再理会
恶兽的柔情又有何可贵

虔诚面前
我宁愿是那火龙
被你所钟爱的圣乔治杀死
化为血红的玫瑰

灰熊·亡命徒

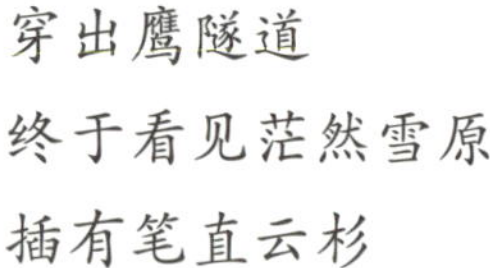

穿出鹰隧道
终于看见茫然雪原
插有笔直云杉

三年来首次取下宽沿粗草帽
抚摩初吻时
你指甲刮破的洞
想念无期的归宿

傍晚
我躲在灰熊出没的林海深处
疲累地与影子告别
放它继续流浪
顺道带走你模糊相片
丢进随便哪一座矿

某一日
我的心终会成为精致的
金刚石

鹰·徘徊者

雨夜　密林里有风微不足道的干涩气味
坎佩切周围方圆四百里　我找不到你
只剩看不尽的　长长苏木枝叶
婆娑

太阳的丝缕光线尚健在时
　我们还坐在奇琴伊查的旧球场上
你抓过我手伸进
　古老石阶左边
　羽蛇的残缺口中
然后闭上眼睛
　以为传说中的库库尔坎
会赋予我　一生保护你的力量

绿里的黄昏　有睡意
神庙上偶尔停留的鹰
　注视拥抱的情侣
若等若寻

梦醒
你竟丢我在这　荒芜玛雅

乌鸦·诅咒者

雅库特人撇下我们打猎去了

我把绳子套在颈上 另一头懒得去找
你说过你会寻到的 并且牵着它
带我追回 年幼时的光

雪原上盘旋的美丽乌鸦 在我头顶
丢下一颗一颗灰色石子
诅咒 因为爱情而迷失清澈的男子

茫然的雾把你背影 塞进无边泰加林
寒风骤然消失 西伯利亚慢慢变硬
我拔下最锋利的一根冰凌 插进胸口
对着孤单天空 让它闪

末了
当阳光降下温度 你也变冷

鸽子·使者

九十一个小时前　我在大同江边散步
而你正坐在不远处　锈迹斑斑的儿童转椅上
看着天上的鸽群　发呆

我帮你转动它
却被风吹过来崭新的烟囱灰渣迷了眼　错过了
鸽子们飞过牡丹峰的　瞬间

这里的凯旋门好象是比巴黎的大
以至于你的平凡名字传来回音时
我已等不及　转身走出那刻板的拱形
逆向　来往人们单纯严肃的脸

你要去旧书院的井里打水了
就此告别吧
留我独自考虑
什么是跨越阶级的爱情
什么是失去平衡的土壤

临行　晴朗照耀羊角岛的雪
我终于看见　对面大楼上
用领袖命名的
花

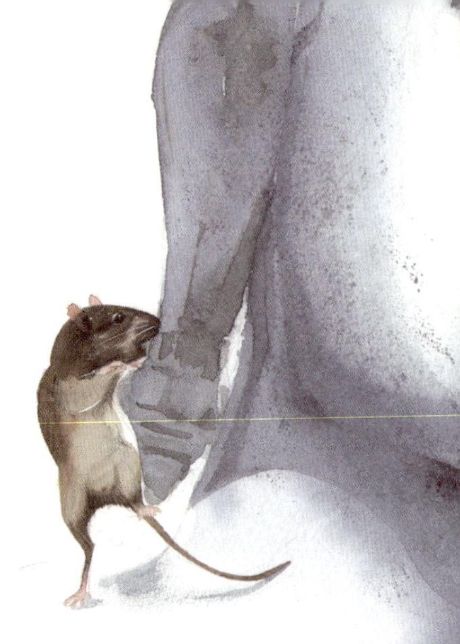

鼠·逃离者

到达清迈的第一天　失眠到阳光隐约出现
我闭上眼　双手合十
等待佛的早晨

不起眼的鼠冲出
赶在曼格莱王攻下哈瑞彭恰前
衔起我即将被超度的爱情
瞬间逃遁

我丢下虔诚
转身追去

也许
站立的鼠
会是个人物

猫·防备者

贝克街的雨夜
我依在昏暗路灯下
抬头望着二楼窗里
隐隐的壁炉火光

猫叫声此起彼伏
你静静打开窗
丢下半只奶酪
拉上花帘

我捡起
递到猫儿跟前
她后退　踱远

那是我的幸福
她不吃

于是
你我的迷离案件
永无眉目

骆驼·难民

硝烟中　苏尔和赛达在戈兰的弹坑里接吻
我只能紧搂着你却避开嘴唇

那距离
犹如巴里德的河道般宽阔
等到西岸骆驼蹒跚走来取水时
干涸贝卡谷地早已陷落

人潮蜂拥逃去绿洲边缘
路上　你说
把手给我
就一下

纷乱里
层层头巾下的我们
爱情与祖国同样遥远

狗·无虑者

湿冬的外滩细雨纷纷
你我偎依伞下　踱着
抚过老银行的蹉跎外墙
一家接着一家
徜徉　七十年前奢侈的惆怅

狗儿在脚下　自在奔跑
追着尾巴　简单快乐

可它嗅不出
我们竟还是这样地孤独

猴·见证者

失传的文字和符号
把科潘多彩的春天
雕刻在衰亡名下
除了我还有谁
会在围观人性泯灭时
表情冷漠
毫不在意西班牙人的火

目睹王朝瞬间覆没的遗存者
也许只剩这些神色匆匆的猴

它们什么都不说
可美景依旧
依旧

牦·叛离者

大昭寺经轮被佛逆转
偏袒的右肩举起刀鞭
受惊的牦牛四散冲刺
不穿红袍的人们无处躲掩

片片血迹和滚滚浓烟随处可见
外族躲在八廓街却袖手旁观
竟还给刽子手贴上受害者的标签

我们开始悲哀政治的无理
我们开始愤怒宗教的无情

高原风季将至
试问在远方养牦的神民
你是否还想自在踏遍
那雪域的无穷无尽

马·行者

哈尔和林养大的马儿
从不愿轻言放弃

从草原飞奔至戈壁
蹄里夹满库布旗的沙粒
仍不肯片刻歇息

因为他不知道

是迷茫的爱情
让时间一望无际

熊猫·落难者

山石和着泥流追赶
熊猫们踏着海浪般翻滚的大地
奔逃中　闭上眼睛
希望这只是落没羌巫里
一个远古的魇

眨眼间的轮回　只剩

那些国宝　停留在沉重与黑暗的世界里
血泪
那些国宝　徘徊在破碎与疮痍的废墟上
找寻

缝隙里　我悄悄听见
一位父亲轻声说

孩子　看不到彩虹
我们就不做梦

蛇·隐士

鸟兽飞跑 绿柱冲天
索诺兰的繁荣让人无法静心作画

不解
隐士为何甘于这样的嘈杂

蛇平划着简朴曲线
转瞬消失
只留下告诫

"这里 仍是沙漠"

声音轻轻过耳
如同那丘顶的微岚
掠过我带刺的人生

猪·病人

克里米亚农庄肥硕的猪
暴饮暴食　病入膏肓
只向往去雅尔塔疗养

他们摇头晃脑　齐声高唱
"噢　我们生在　黑海的角落
永远过着　悲惨的生活"

你啊
该拾起同情心　跟我们一起呻吟

虎·卫士

满刺加年轻无畏的勇兽
隔着铁笼
向侵略者狰狞的桅帆　迎潮怒吼

祖先倚靠的腐朽古树
垂死支撑弱者孱懦的意志

求仁还是求生

抵抗的荣光
陪伴断垣残壁下
虎王　最后的撤离

落日将逝　英雄迟暮
高站于我的城边　你颔首独怅

长颈鹿·守望者

你在非洲有个庄园
寄养曾经狂野的爱情

若干年后　事过境迁

我立在栅栏外
把无知的头颈　悄悄伸进
你那永不肯守望的　过往

蝴蝶·脱狱人

仅仅三点六米的高度
　便让我们看不见对方　二十八年
隐约的血迹在弹孔上留下涂鸦
查理站乌黑的枪口早已指向地下

大人物们究竟推倒了什么
让我们只剩了　干涸的空想

而今　那些令童年似懂非懂的意识形态
像颜色单调的蝴蝶　隔着消失的柏林墙头
凌乱地飞过来　飞过去
不愿落地

树袋熊·沉湎者

我无法理解
这种维多利亚式的麻木
即使被垦田者射杀的一刻
还是睡得那般惬意

该羡慕还是唾弃
树袋熊的桉叶哲学
单纯得从不面临选择 只需津津有
味 沉湎于自己

蝙蝠·吸血鬼

蝙蝠成群飞出布朗城堡　争相目睹

密林般的桩钉上　僵直的躯体　如
失形的人性
生生吓退嗜杀之军

东欧血迹斑斑的中世纪
信仰赎还不回怜悯
在无援与背叛的悲剧下
伟人也可幻为怨灵

冷酷的伏勒德大公
任凭你沙场如何骁勇
月光下仍会收起暗翅　匍匐着
爬上美人不再青春的颈

萤火虫·息舞者

累了的人
在绿水环绕的地方落座
拂不去满脸凡尘俗土
仍固执地　闯进怀托摩的沉默

头顶的千万只虫儿　尚且年幼
却早已告别虚浮的舞
用安静的闪烁
停留出满天繁星的幕

请停息
那些激情飞扬的生活
无论舞至何处
他们的火　终是萤冷的

孔雀·羞赧者

羯陵伽的杀戮
却造就伟大的浮屠
面对征伐与情爱
早已忏悔一空

悠久家族世代珍养的孔雀
历经劫难　依然风情万种
它望着阿育王那千年般若
竟在开屏的刹那　羞红了脸

狼·寇

团结的阿拉斯加狼群
曾经拥有无垠的领地
用难以战胜的残酷兽性
维护北国 激烈的平静

不料
人类开始无法忍受
猎物亦拥有合理的阶级
和繁荣的未来

智慧与本能的开战
延续至今
毫无怜悯

渐渐 苔原上
偶尔响起的孤独嚎叫
已冻成了
冰天雪地里 败者的
灵歌

松鼠·侧脸

南方的莱斯　一如既往地芳草萋萋
年青的你我　曾经在这陈旧讲室
把梦想夹进枯燥的书页里
大声诵唱

洛维特礼堂的天
始终挂着明媚
我抚摸老墙
远望你毕业时的侧脸
眼神憔悴

多少年华　流去心灰
我这不速之客的喃喃回忆
竟还像校园里蹦跳的松鼠
一靠近便跑离

兔·过敏者

这一次　又路过西山的那段坡
当年你曾迷恋这皇脉边的枫
她早已熟透　无心婀娜

我停下青春
轻轻呼唤　你不再存在的名呐

伴我老去的
那只敏感的兔
一听见你的名字
红的眼睛　便滴出血来

我想
它也在怀念　你那些沿着落日种下的
无比久远的花儿吧

鸡·傻瓜

拉丁语的直白嘲弄
让高卢人蒙受侮辱
他们举起精美的剑
如同华丽的骄傲公鸡
顶起那自负的冠

即使恺撒大军咫尺之外
它仍静静等待
羽毛晒干

听着　高贵的智者们
即使垂死的傻瓜
也要浪漫情怀

龙·传人

八千年时空
你游尽天地人中
了无心绪
再念秦月思汉风

龙的传人
长引烽火狼烟
望长城两边
无乱起　亦忧然

帝王叹
谁可永守万里疆土
我众子　皆成才
重战之后　长安依旧在

金鱼·失忆者

冷清的享堂前
湿漉漉的老街沉默佝偻
古泪滴破了青石板
一个个 坑洼着当年的心事重重

懵懂的我们 每天面面相觑
吐出气泡 浮起生活的松弛
苦难一逝 便双双失忆
遗忘褪色的昨日

故事已悄悄打烊
渺小的金鱼缸 还呆坐在旧当铺的
柜台上
里面装着 整个世界的况味
和两只游来游去的
惆怅

鸥·过客

感动扎纳德利的那百年浪漫
也抹不去鸥群的归心似箭
峭壁的无情早已让它们看破
等待 只是一种蹉跎

痴心的人
丢掉了苏莲托史诗般的爱情幻想
却滑倒在自己涂抹的悲伤油彩里
寂寞地唱着忧凄的歌

时光
匆匆地
也许这别去一年 归来的
将不再是我

豹·追逐者

梦想辽阔
我曾坚信执着
直到整个人生　干枯成
炎热扭曲的乞力马扎罗

敏捷的猎物跑遍高地草原
豹也无可奈何
它过早地露出了尖利牙齿
只得陷入无尽的追逐

叹息
连这个小小的幸福
也要躲得忽远忽近
竟让矫健的我
力不从心

雁·迁徙者

东方的北边　有风吹过来
把我藏于遗忘中的旧爱
纷纷惊起
在挠力河上落出一串串水漂
纪念逝去多时的澎湃

谁能从容地丢掉
这些刻骨铭心的经过
用无声迁徙
淡去承诺

我推开寂寞
窗外面　还是那一列大雁
在不被注意的远方
躲避炊烟袅娜

水母·舞伴

伊势的浅滩
风和潮静
海平面下悄声无息的浪漫
终使美丽告别平凡

无心水母
恣意沉浮
却永世无法相拥
只是各自发光 默契对舞

深爱 仍未失本性
这双透明的伴侣
即使热恋 也快乐得
面无表情

象·静立者

赴约

五年后的康提 依然为你保存着 所有热恋时的亲切
可佛牙节的狂欢 只知道将我无情地丢进拥挤的夜
火把闪烁 舞姿翩翩 华丽的身影眼花缭乱
遮挡着 你的面孔 我的缘

象也还是那样
从不为我们感叹
即使衣着盛艳 仍是静静伫立
凝视人潮 打着哈欠

疑惑
每次 相逢的世界
总是很大
大得让我开始找不到共同点

只好 无礼地
再失约

天鹅·知己

阿尔卑斯慈祥俯视 巴伐利亚的和平
可新天鹅堡里的旷世之美
终让国王抛弃人民
也许
艺术 才是他的生命

有谁会甘于
彼此流成这样的知己
公主执起洁白羽毛 唱起童话
骑士却戴上魔鬼的面具 策马远离

如同
茜茜带走了年轻的心
瓦格纳收容逝去的灵

细看
其实 爱情
无非就是这样
笑与泪
乱放

蟑螂·拾荒者

东方的极限　海风都微不足道
云的阴影掠过黑库让依山　日期瞬间更变
我趴在圣公会的地板缝里
哆嗦着　迎接第三个繁冗的千年

蟑螂生于鄙夷与羞辱
自尊早已死去良久
命中注定 只能
平静地享受　永远的孤独

生活也就此简单不少
那满地的肮脏面包屑
便是一辈子的温饱

即使在博爱的吉斯伯恩
也勿需人们抛来同情
惟嫉恨这　早起的无聊阳光
急着侵略　我忙碌的黑夜

鹿·影子

没落的贵族　亵渎了前辈
虚度光阴　狩猎人生
静待着谁　甘愿成为目标
作那逃命的鹿

现实生活频生不易
有时想一路回到枫丹白露躲避
不料　祖先的王朝虽早已无力荫庇
但宫殿失落破败依然游人络绎

历史成为过客的轻松谈资
我也忘记如何安然沉思
只听见老人们说
九百年前　伟大的猎手路易六世
每次　射中的
只是自己的影子

莺·旁观者

流莺飞过 不忍俯瞰
硝烟弥漫的 东方伊甸

卡济迈因虽完好无损 但花草早已烧尽
我磕着头告退
朵斯第们开始坚守 直到堡垒变成废墟
然后自己也变成废墟的一部分

神圣的安拉 感谢你把善意从我身上取走
让疲惫的侵略者 把幼发拉底河洗出浑浊

我们尚活着
继续用疼痛折磨抗争
只为了讥讽胜利者的罚惩
等待所有旁观者 都把同情
扔出那滑稽的 "扑通"一声

蟾蜍·歌人

夜下幕府　刀光剑影
经不起腥风血雨　武士沦为浪人
我遁形躲进破败神社
鸟居前不再见美人落跪

净手池边的那对蟾蜍　似睡非睡
只顾对我纹上的碎菊
喃喃念叨　忍的物语

狐·骗子

在这令人绝望的撒哈拉
识向的狐　总是暂时忘了母性
竟支开单纯的幼子
独自享食

困境里
信任如果成为一种苟且　只要活着
任他命运跌跌撞撞
欺骗　充其量就是一道无谓花边
略掉　也无妨

相比死亡
年轻的我
宁愿受伤

海豚·智者

科得角的海浪从不内敛
我瞭望所及
再美的风景也仅是脆弱的昙花一现

智者为情所困　竟被其貌不扬的沙洲搁浅
雄心勃勃的水手亦爱莫能助
这看似坚强的海豚
苦恋汹涌到来时
它也天翻地覆

潮汐退去　遗下诫训
离群的智慧
并不带来幸运

食蚁兽·丑八怪

潘帕斯平原历来宽厚仁慈
丑陋的食蚁兽也成宠儿
在这里
享受舔食不尽的幸运
和毫无遮蔽的惬意

快乐啊 可以让整个世界萎缩到很小
缺陷看在眼里也无暇顾及

我自信地执起你的美丽
天这边举着摇着走到天那边
也就八分钟路程
而已

去吧
融入一份平庸的爱情中
你会发现幸福如此简约易懂

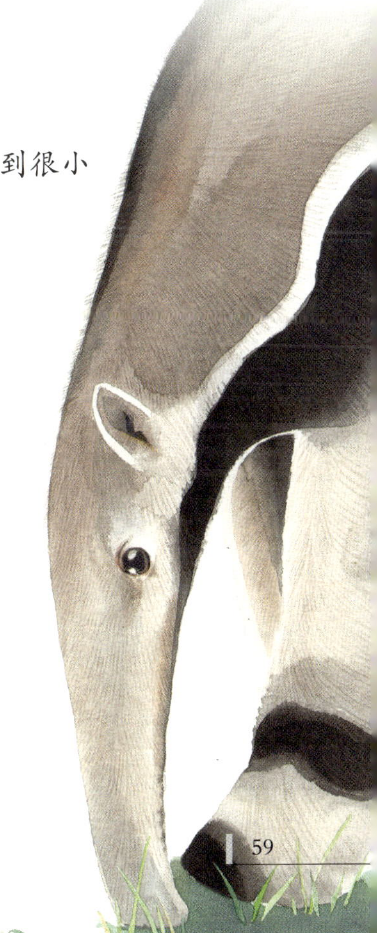

鲸·食客

远去的寒流带走北冰洋的些许严酷
群集的鲸欣然起舞 高高喷起水的招呼

我与你并肩游泳 暖意十足
即使一个趔趄 激起千层花浪
仍是安详和睦

当因纽特渔人满载而归
我们这庞然大物落得饥肠辘辘
恨不得吃掉身边的一切
只留下幸福

珊瑚·骨灰

我们
被岁月燃烬的骨灰
就寄放在
那两千个岛礁之中

鲜艳的珊瑚
像坚固的窣堵波
包容着
这些无可辨认的灵魂

默默地
把死亡描绘成了
一片片生机盎然

蚁·义工

一千年的干达历史
让黑非洲颜面扫地
领袖 政权 更迭
战乱 疾病 肆虐

呵呵 可惜
人的世界与我们无关
蚂蚁只知照料王后的婴卵

看呐
勤劳的义工们 多么坚守本分
日复一日 盲目搬运着
二维社会里
廉价的道德与责任

鹬·自由人

独行的蛎鹬
就像个侠义的圆桌骑士
叼走我惹人生厌的趾高气扬
去投奔慷慨的凯尔特王

可怜
我早已慑于坠落的危险
将翱翔彻底遗忘

追寻自由的你啊
着一身不知疲倦的梦想
飞过莫赫悬崖

瞬间恐高
大西洋

蜘蛛·牺牲品

蜘蛛只是平静地坚守在自己编织的网里
安分得不动声色

我却被诱惑　毫无防备地拥抱亲吻
然后　成为恋人的牺牲

单纯的性命　就此
葬送在昆士兰的青山翠谷
邂逅的终点
定格于奋不顾身的浪漫缠绵

女王之地好客的土人
请载歌载舞为我送殡
只有他们明白
爱着的时候
伤害者　也是我的图腾

蝇·流浪汉

银座洁净的街头
人潮拥挤得窒息
我嘲笑那落单的蝇儿早已无处叮咬
漫无目的　逃不出虚荣都市的徒劳

它飞绕在我耳边　反讽道
失爱的人儿啊
富庶之后　但又如何
你伸出轻薄的手她还是一样转身走开

享受吧
这无人问津的世界
辽阔得让我们不知所措

从新宿游荡到多摩
两个潇洒的流浪汉
在渐渐冷冽的晚上
眼睁睁看着
灯火在很远处
开始辉煌

蜗牛·慢性子

勤勤恳恳的勒诺特尔老爷
耗尽一生修剪着凡尔赛不变的华丽
去维系质朴的爱情
如同兢兢业业的蜗牛
十二英尺的跋涉
只为舔那一口叶尖的露水

别怕
缓慢地靠近吧
毫不勉强

距离是种温度
让天替我们选择
烫伤
还是冻僵

鼬·弃儿

从出生起
生活就这么有趣
泥泞的太子河畔
尽是我不停奔波的痕迹

被遗弃的鼬
永也学不会挑剔
含辛茹苦　却从未在意
安定或是流离

谁愿去深究
这无家可归的定义

北方的旧街市
熙熙攘攘中
我竟与寂寞对峙

驴·弱者

无论极权还是民主
坎大哈一向逆来顺受
同情造就弱者
弱者却让巴米扬疮痍满目

密密麻麻
蓄须的男人和蒙面的女人
跪在发烫的半月刀刃上虔诚祈祷
不知是在祈祷和平 还是祈祷圣战

此时仅有驴子识相
只管驮着希望往山路上攀
无聊的热闹它看也不看

蝎·刺客

我离开你　远走日惹
落脚于山丘上的佛塔
决意禅定
弃世薄情

忠心的蝎　遂你所愿
追上我的命运　蜇了下去
从此　生活肿了起来
虔诚溃得面目全非

犀鸟·殉情者

伊班人忙着雕木盼丰收
谁会去收留私奔的犀鸟
得不到祝福的这对男女
花枝招展地等待生命终了

爱情何时变成了艰难
理性何时变成了狰狞
当我们点燃殉情的决心
却丧了拒抗庸俗的勇敢

唉
枉费了这沙捞越的一片温暖

鳄·刽子手

对不可饶赦的凶徒
无需审判
公平的拉娜瓦罗娜一世
只赐赠死魂灵以慈悲

行刑前
追悔莫及的我　终不再畏罪
鳄鱼池边
冤屈者亦与我勾肩搭背
跃入无数张大的嘴

那一刻　彻悟了
邪恶与无辜　有时竟殊途同归

饱食后的刽子手
望着我们残破的肉身
如释重负地
留下那著名的眼泪

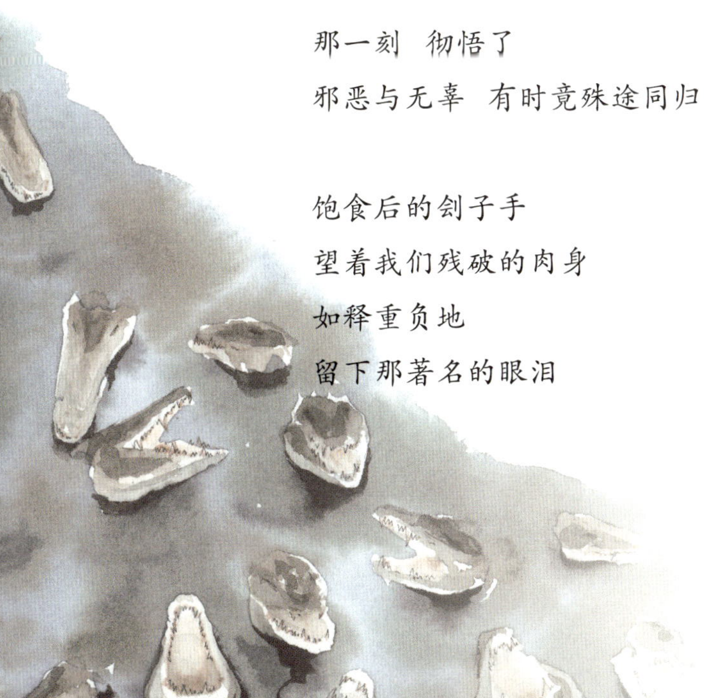

凤凰·不死之身

太平盛世　尚儒天下
光武华章　明君洛阳

社稷祥和　才舞文歌
皇恩德厚折刀戈
将星寥落空待一战
扶甲独上燕然山

东土沧桑　浮华尽现
凤凰已老　犹盼涅磐

信天翁·水手

我的虚弱　在阿约拉港得到补给
唯独孤寂　寸步不移

背井离乡的水手
在天与海的边界　抵抗风浪的诅咒
再老练的信天翁
也找不到你扔出的漂流瓶

距离只是脆弱的维系
我们遥远得彻底

难道
达尔文曾在这苦苦寻证的命题
竟和我现在一样

爱情　永不可知

龟·读者

英雄伟大的自负
将自己投入孤海
一个人的圣赫勒拿
十二哩长林
禁锢六十场辉煌战役

叹息的皇帝　如今
却幽怨地像只衰老的龟

追忆漫漫　残生有余
他读着窗外
读着历史
等待　公正地死去

虾·隐身人

危机来势汹汹
阿耳庭失去传统的英明
人们脱下礼服重执渔网
北极海的野味无处逃命

卑微的虾
渺小得近乎隐身
却不得不在发疯的世界里
成群成群地显了形

刺猬·绝缘体

弗尔科里涅斯
刻板地隔绝着现代
毫无余地

辛酸的记忆
早已把一根根冷酷的针
扎在曾经热情的心上
让我们
成为无法触碰的刺猬
紧紧抱着传统　不再放

喀尔巴阡的老人常说
逆境里的固执
其实是种
坚强

蜂·风流客

风流的季节
帕福斯繁花似锦

蜂得意忘形　浪荡蕊海丛中
香粉沾翅　信手红颜
毫不在意　岸侧
阿弗洛蒂特久等启航的帆

何苦呢
让欲望追上了自由　狼狈为奸
却惹得真爱落魄　渐行渐远

空虚后的孤伤蔓延
在那悔恨的一瞬
我假装抬头看天

袋鼠·求生者

莱恩科夫的茂盛到底招惹了谁
让炎热恼怒到这般凶恶
天堂竟燃起地狱之火
焚灭万物　遍地哀歌

寥寥无几的袋鼠
跳出绝境　无暇回头
看世界末日　紧追不舍

黑夜在即
他们拼命逃亡　马不停蹄
揣着逢生的小小希冀

殊不知　这一次
落下的太阳
也许　永不再升起

貂·慈善家

不知是萨夸克还是红埃里
把格陵兰的诚实毁得彻底

一代代的猎户们
都学会了裹紧厚实的毛皮大衣
躺在冰天雪地 虚伪地濒临冻死

生性慈悲的貂
正慷慨地捐出 温暖拥抱
转眼便被轻而易举地捕捉
贩为高贵的围脖

用良知拯救的 怕只是一时饥渴
无情的亵渎 是否施舍者应得

可惜了
这流芳千古的心善
竟成那罪恶灵感之源

草履虫·始祖

无人问津的抚河故道　早已浮绿满布
谁会去惦记　这里有我们看不见的老祖宗
单纯地消耗着　他仅有的一个细胞

知足的草履虫　命若隔夜
毫不流连　这有机的世界

任凭它
昨日宇宙才诞生
明日宇宙便毁灭

蚕·使节

西域已乱
大月迟兵没楼兰
汉节长秉不忘君命
区区十载岂能了断

我张郎
中原梦起　似眠蚕　踯躅西向
丝路通心　遍拾归途　陌人遗花

莫叹
风华如沙
英雄无家
此去苍茫
不问天涯

蛆虫·食腐者

大地震怒　它不愿再等下一次政变
枪口下侥幸的人民　这次　却在废墟中腐烂
蛆虫得意地钻进他们的肉体
把魂灵都消化个干净

死去的太子港　已永远丢失了
杜桑当年沉下的坚锚
听任西人复辟　重拾高傲

得
这肮脏的第四世界啊
还是留给更龌龊的食腐者
去收拾残局吧

蜻蜓·镜中人

你离开后
我迷上了点水
只因那倒映的蜻蜓
颇像你的影

可
宜兰的阵阵清风　总是轻易地
吹拂水面
折断你腰枝

我多想啊　孤单地
陪你飞逝

爱总是让人疑迟
这世上曾经的永远
是否也只是　那时

犀牛·角斗士

斗兽场上
踏着犀牛的尸体
斯巴达克斯扬剑呐喊
祭奠自己注定的悲壮

我们杀阵邂逅
殊死搏斗
终能换来苟且生存
还是永世自由

愁
这史诗难写
只因仇恨之血
还未流够

麒麟·仁民

江南终回暖
游臣却望
空门君已殇

谁去问
天违人愿
造化乱世
山崩地裂
仁民仍无怨

只恨儒哲
蛊惑麒麟
泰然坐等
风雨漫台城

雀·胆小鬼

早起
夜梦不如意
浮澜桥边度自徘徊
寻忆那一身印花衫

怀年少情痕
不忍回想
怕打翻了青史
折磨了旧墙

老巷深长
忽闻书声朗朗
惊得一对晨雀
翼乱心慌

獾·小精灵

瞧
极光是节日的夜礼花
它在向全芬兰的孩子们宣布
浆果王子和蘑菇公主相爱啦

傻乎乎的獾们哆哆嗦嗦
悄悄爬出精灵小窝
它只想趁着圣诞老人开心的时候
斗胆捏捏他的耳朵

乌贼·海盗

挪威海怪依旧沿袭
维京式的疯狂生活
三百余年的荣耀乐趣
便是航行与掠夺

上帝软弱的子民
快奉上你们的财富与权威
能在我的触手下丧命
实乃神赐的幸运

极端的狂热与强硬
才是乌贼们的真理
即使被击沉海底
仍喷染你一身
黑色沙文主义

猩猩·思想家

看破的猩猩
过着思想者的生活
百无聊赖

每天　只消
躺在卡盖拉河边
轻蔑地望着无垠的宇宙
念着空洞的哲学
固守着自己的超然
仿佛无知已无处不在

再看那人世间
感性主义者们俗不可耐
无论他们争论、批判或是瞎猜
我仍平静地托着腮

蜈蚣·敌手

饱熟世故的城府之徒
满眼皆是敌手
像噤若寒蝉的蜈蚣
千肢万足　口腭荼毒
纵不是飞扬跋扈
也惹众生避让唯恐

我却偏爱这
心若晴霞的女子
敢把那令人忌惮的虫儿
妖俏地编在了脑后

河马·沉默者

大裂谷虽撕断了两代王国的脉
异乡人却始终无法征服
黑色的阿比西尼亚
只能把它的伟名　扔在
属于荒蛮的野史里

河马是努比亚的后代
毫不介意这份侮辱
只顾沉默
奔跑时　游泳时
战斗时　离别时

他深知
文明无法永恒
他的沉默
不代表他
不曾存在过

蛉·灵

汉普郡的冷秋将至
夜已无晴
我枕着窗外汽笛深沉
寻望那夏日里
笔尖上久违的停蛉

很久了
我们都不曾再想念
这些天中孤飞的灵

当
生命的角色早在悄悄轮变
忧绪繁生也仅是微渺杂音
犹记否　青春时节
防波堤上　一双玲珑背影

荏苒过往　煦韶光阴
浮躁时　看他人笑矣
你我只顾执手　且听风起歌吟

斑马·伪装者

日落下的莽原
猛兽也成温柔剪影
恋人纷纷牵手散步
耳鬓厮磨

斑马悄悄走进树的迷彩
望着心仪 却身形依稀

这高明的伪装
并非逃避桑人的猎宴
他只想
躲在你看得见的地方 等待你的看见

螳螂·教徒

大卫王收留我们
是要我们团结而虔诚
终生祈祷
磨难只是幸福的一部分

长老们却总爱大放厥词
歌颂宗教多么宽容仁慈
为何 哭墙前 流泪忏悔的教徒
仍虎视眈眈 圣殿外面
那些小心磕头的异端

一千年了
这些好斗的螳螂
早已拆开合十的双手 执起锋利兵器
徒守着圣城东岸
那片已死的海

蝉·伶

秋风一啸　微蝉声乱
绝代名伶　只遗嗟叹
落叶散尽数回峥嵘
薄翼蜕却难忘不堪

芳音已老
心喉已痴
旧梦谁人可再相谈

怜昔日青楼
弄臣戏子
浮生逍遥　独怅寒晚
断世愁情　莫恨我诗

穿山甲·兵

穿山甲们
听不懂　澜沧江前誓师豪言
看不清　万象城外穷敌帐密
号令一声匆匆出征
冲锋陷阵慷慨搏命

长河短城
娇妻爱子
只容我凯旋

兵于乱世
不在战场　夺他一刀一剑
只在归路　等你一颦一蹙
喜泪吻净　我的铁鳞

獭·慈母

战乱与贫困
早早便先于我
吸干了你的乳汁
耗尽了你的青春

慈母虚弱
仍拾起满地弹片
作我盾甲
一路颠沛
向着故乡金沙萨

泛滥的刚果河间
幼稚的我惬意地浮玩着
皆因你已把不曾实现的美梦
化进了整片水里

骡·苦行僧

梵天命骡修持
它那卑不可触的杂种姓氏
任这牲畜再倔强
也会畏惧轮回不止

我深知 苦行乃普渡的唯一捷径
只得 背对百尼满野的稻田
驮起沉重的人情与道义
披荆戴棘 坎坷跋涉
风餐雨饮 土被天衣
寻找终点卓姆索姆
我的冥想之地

在那里祈祷 我坚守的
诚实 无欲 戒杀
能让我来世成为
纯种的
驴马

燕·归人

北归的候鸟
披着上一年的迷失
越过千里
来寻那昔日的满洲皇宫
青石檐下的旧巢

前朝时
庭院深深　飞燕翩翩
落翅陪君凭天怀远
虚影曼妙　万分愁绪
哪里皆是高栏

岁月多辗转
帝王迁囹圄
我的歌鸣无人再听
暖意别作孤窗寒
待吧
来秋便归南

海马·不倒翁

仙台已是排山倒海
我这里依然平静如止

罪与善交织的民族
被太平洋无情地荡涤
可再汹涌的暗潮也改变不了
我这只小小海马　垂直的姿势

目送　死去的人们
向陌生的远方漂逝
那一张张苍白的脸上
仍满是客人般的矜持

鹤·仙

道末芳菲尽
人间罹荼毒
恶流纵街势
讳者天不逐

九山烟雨落长空
江心孤沙不解禅
何处容你谈笑苟且
安作闲云野鹤

羞矣　羞矣
享乐神仙主
难识乾坤土
小心振翅鸣
不敢乱江湖

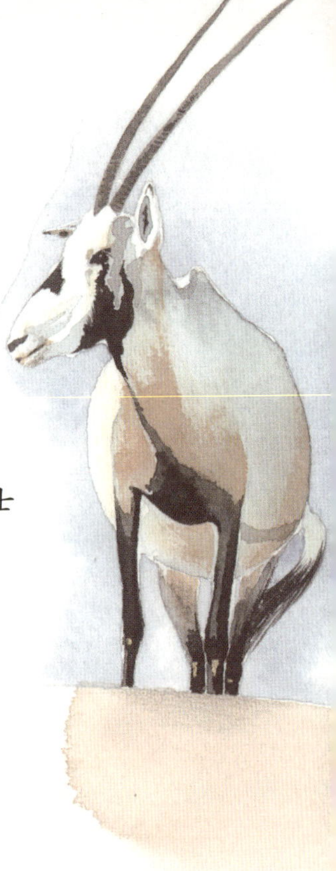

羚·酋

四十年前　青壮的羚
曾是这沙原上　最快的那个跑士
他胜了伊德里斯的老迈国王
成为费赞的酋长

但革命终只是个过瘾的开始
新朝也只是个陈旧的循环
漫漫执掌中
勤勉与贪腐　狂暴与优雅
都掩于一身华丽的长袍下

权力总是那经不起狂风的篷帐
辉煌只是敌人给予的喘息
望着群民逼宫　异族来袭
你会选择壮烈地引颈就戮
还是孤独地销声匿迹

树懒·乘客

陌生的呼救者
恕我爱莫能助
亚马逊遵守的秩序
只是让自己活着

树懒宁作
这茁壮的黄檀上
紧握木把的乘客
高挂一世
再不为哀鸿落地

浑浊人间
我不作恶
便已是道德

蟋蟀·赌徒

大三巴的残壁下
孤僻的蟋蟀被捉以后
便成了顽主儿们的筹码
吆喝声中　百年不休的激斗
换回一粒米的昂扬

妈阁的香火被时代冷落
垂老的赌徒也掂起菜篮
穿过　白日里蜿蜒破旧的街巷
只待　入夜后离岛华丽的灯光
扑克桌前　我知我力
尚可掷动　纸牌一张

轮盘还是虫罐
赢者的欢呼还是输家的咒叹
这繁荣的弹丸之地
总让我命运的注　下得太艰难

鹧鸪·守陵人

江南留鸟
随花落钟山
青霜摧叶化长雨
消瘦等来春

野石尤藏风
群陵更栖寒
吾嗟此生无暖意
屈吟一曲鹧鸪天

古是战场今桑田
烈士忠骨借尘怜
当年多少英雄事
既作闲魂不再言

海豹·小丑

海豹早已记不起
家乡流冰凝聚的时节
只在海洋公园的看台上面
存放那份单纯的等待

你一挥手
我便顶起
鼻尖的球

你的开怀一悦
便是小丑的整个世界
毫不在乎他人的掌声
在讥嘲我的卑贱

可惜
把戏谢幕
退场的人潮
就像儿时熟悉的离岸流
把你带走
再不回来

蛙·乐师

后知后觉的生活里
我总在日渐黄昏时醒来
一次又一次
发现枕边的离痕

你轻盈的裙绫　肆意扰夜
刚拂却巷角的水榭　便又抹过海天的重檐
我只有循着此起彼伏的蛙鸣
不停追撵你的若隐若现

是在等我笨拙地捡起那些从前？

但求屿上的乐师
再次为你
把这鼓浪拍岸
奏成一段如歌的行板

企鹅·代表

啧啧
瞧企鹅们这一身会议礼服
或大腹便便
或风度翩翩
排着队列
登上文森峰巅

它们试图代表
海狮 海豚 海豹
鲸鱼 虾米 飞鸟
还有地衣 苔藓 和海藻
神情庄严而得意
投下光荣的选票

我们却远远旁观
嘘喝倒彩
抱怨没抢到前排

鸭·演员

枕水戏台十里传声
浓妆艳抹步法扎实
激奋时可
昂首高飞　气势如虹
感伤时便
垂首低泣　哀婉动人

唱本容我学鹅扮雁
呱呱一生
可谁又肯水过无痕
将惊世骇俗机会轻落

这世上
演者命微　艺者言薄
百姓皆知　孰鸭孰鹤
任英雄争论　是非对错
我只胸怀　那一场粉墨

猫头鹰·占卜师

上帝未料
该隐之诛
只好淹得世界
仅剩亚拉腊山麓的
诺亚一族

其实 肘上一只小鸮
便能背起这通灵的责
把前生后世看个透彻
再判你是罚是赦

但我早知 世道糊涂
无人愿信我的占卜
便陷我是巫

雕·侠

这是什么年间
各路门派　纷斗不解
华山再险　无人论剑

侠客本应　惺惺相惜　仗义天下
如今却疑　武林之隘　万物皆敌
桀骜神雕　亦成惊弓之鸟

早已退隐的我
半世落魄　换余生逍遥
看尽得意无奈
我拂发而笑

蛾·伤员

大马士革正从天国里的坠落
古老的政治让浪漫的自由却步
这里的蛾　历来是飞不高的
无论是咆哮的战火　还是虚弱的烛火
都躲不过

可悲的是
哪怕伤得奄奄一息
它还不知错

鹦鹉·傀儡

吕宋光荣的儿子
在无限的拥戴和寄望中
身披家族之血浸染的羽毛
走上权力顶峰

面对英勇的父亲　厚黑的母亲
还有腐败的前辈
他却不知该去学谁
才能作个合格的傀儡

而这一众人民　对着只笨拙学舌的鹦鹉
张牙舞爪　三呼万岁
然后　还等着看它飞

蝗·冒险家

实在飞不动了

我就躺在 墨西哥湾货船的集装箱上
望着星辰满天
钢铁的气味散在鼻尖的咸水里
熏得眼眶有湿润的预兆

我们从未跌穿道德的底线
为何所到之处还满是愤怒和白眼
每一次觅食
都是生死冒险

天已微亮
我们该起身飞往下一站
堪萨斯的麦田
赶在他们喷洒农药之前

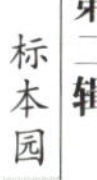

蛭·贪官污吏

沟渠秽恶
生蛭为霸
自有双双赤脚
供送不怠
依然嗜吮难饱

不费吹灰
华宅美媛
血池肉帘
可有一日　夷卧坦然

贪欲为瘾
知患已晚
等庭外一吼
左公安否?!

蚯蚓·农

他是如此热爱这片土壤
甘愿长久不见
地面的阳光

可谁又能决定
他的田
会茁壮 还是枯萎

当耕作成为 失去生命力的行为
农民变成了
大雨后不得不逃离家园的 蚯蚓

他们卑躬屈膝地爬着
却震撼着整个大地

貘·严父

苏门答腊的海浪
和巴里桑山脉一样高
我吓得不停颤抖
他却转身就走

"危险只源于
恐惧和怯懦
再弱小的貘
也应用躲避来显示英勇"

夜里　鬼魅丛生
父亲默默食尽我的噩梦
严肃地等我醒来

知更鸟·诗人

我曾是 十字架旁 让耶稣忘记痛楚的歌者
也曾是 清晨湖畔 用轻吻唤醒你的王子
这些个世纪 是否还能记起
为你吟过的 那些婉转喃呢

如今 即便站在桂冠的头顶
我也只是一只 渺小的知更
无论呻吟或怒吼
都要毕恭毕敬

为何
这些浪漫与现实的争斗
竟堕落为长短句的群魔乱舞
让诗人蒙羞

狮·暴君

默不作声的人民
臣服于你的荣耀
他们一生所敬畏
只是你那震天咆哮

可看得见
这方圆数千俄里
除了死亡和贫瘠
尽是虚情假意

即使墨迹未干的历史
如何渲染你的英明
在你活着的时候
也只是只无人靠近的狮子

蟹·低调者

收起双螯
漱净口沫
从德文到多塞特
再无人择我当作对手

我的坦然
如同隐藏在深深的夜色里
沿着海边行走

如此人生
因为　不被看清
所以　不被看轻

海绵·失踪者

我们远离海岸线千里之外
探究一些事实的深度
这里除了破碎的沉船
和静默的海绵
只有无尽的黑暗

对于社会和自然
每当我们无法准确研判
便会陷入武断或极端
消失已久的事物
静卧在看不见的地方
我们便以为　他们早已静静地死去了

若干年后
谁还会傻傻地问起
当年在暴雨中失踪的人们
是否可以在这三沙的深海里
被一一寻回

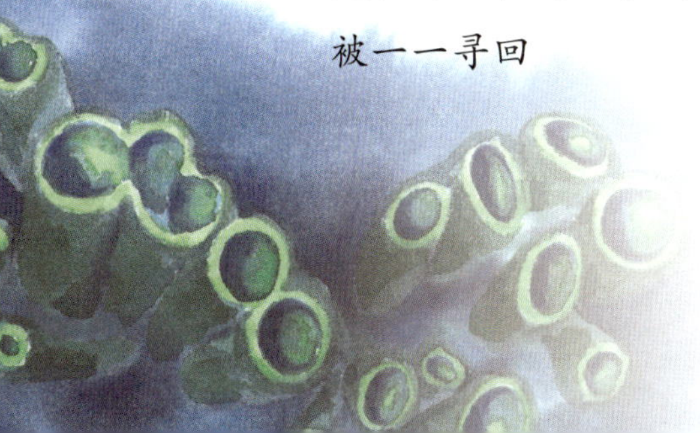

鹅·绅士

礼貌是否总能带来笑容
谦让又会得到多少感激
这些早已不是绅士心中介意

他坚守伊丽莎白式的风度
向道德鞠躬
背后的善意随便俗人们挥霍

在他眼里
哪怕落地沾尘的鹅毛
也会是一支优雅的笔

贝·幸存者

请不要为我掘出瓦砾中的孩儿
请不要用祈祷阻止我悲伤的呐喊

照明弹下的贝鲁特
只请你永远记得
涨潮的海水带走了
那些血迹斑斑的贝壳

更不要忘记
地中海尸骨成堆的这一端
三千年鏖战
不亡的　又岂止巴勒斯坦

鲨·商

独行多年
饥饿把鲨练得敏感
只要嗅出利益不远
便抛下那份随遇而安

一次次血腥的吞吐
是磨砺了利齿
还是愉悦了贪婪
让简简单单的生存
早已无滋无味

搏战一生的商人
当你身心俱疲 情绪凌乱
却已是面目狰狞 臃肿不堪
可还会怀念 最初的罗卡角
无比朴素的 海的尽头 陆的起点

翠鸟·失恋者

你的转身不语
我的自取其辱
叹这世上
终有只翠鸟捉不住的鱼

青山秀水　红豆朱槿
隔着眼泪
全是湿花了的影

南国连绵的雨啊
下得太不对称
你那里的点滴
却在我这里
倾盆

蚊·害

前世
我不识你
只当是害
拍在掌心

今生
入我梦里
轻落臂边 狠狠吻下
一朱胎记

从此
知痒
知你

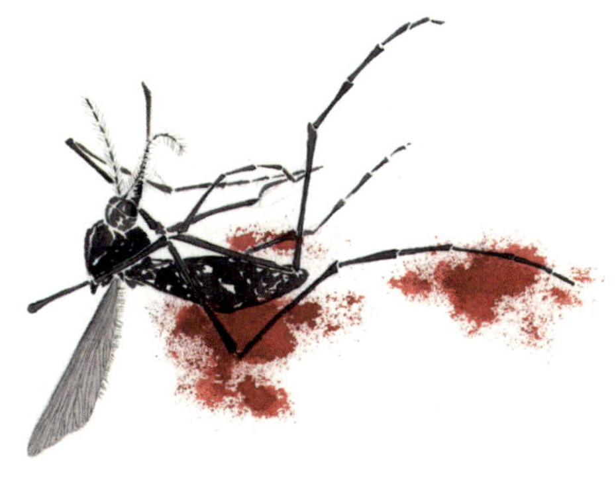

蚤·盗

庞大的祖玛岩
却挡不住成群的跳蚤
眼看它们长驱直入
还一路探讨
是寄生还是殖民 更有效

沉睡的桑海人即便醒来
也虚弱得难堪一击
只会麻木地接受叮咬
不躲不藏 不抵不抗

这片大陆
石油和矿产取之不竭
而你们迫不及待地盗走的
却是我所剩无几的
那点
尊严

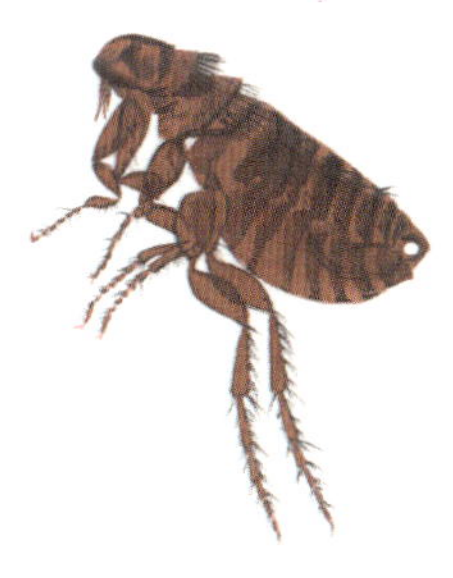

海星·享乐者

宿雾
我喃喃着
这个杀死了麦哲伦
却依然美丽的名字

岛岸边
无忧无虑的海
把星星推上沙滩
它们静静躺着
便是享乐

人们却忙碌依然
从不注意　那遥远的日落
天所以暗得很慢很慢
毫不掩饰它的遗憾

鹭·垂钓者

屿间
我争一波一浪
不丢一礁一石

国间
厉秣一兵一马
稳守一辞一诺

白鹭既安坐
何人敢为渔
笑叹倭海浅
一羽变风天

鸵鸟·爱国者

正义
是个伟大的借口
它能用合理
粉饰暴力

年轻的鸵鸟们
正挥霍着运动的能量
让所到之处
道德坍塌得酣畅

他们早已忘了当初
谁被谁吓得
把绝望的头埋进土壤？

奈何　四十年后
这群一无所有的爱国者
还是长得那么
邪恶

螨·赦免者

用手挠挠红肿的脖颈
螨的罪过就被赦免了

我们经常这样忽略
一些肉眼看不到的庞大

它们倒好
躲在我的被服中
自由自在
继续制造混乱

蚱蜢·自杀者

窗里孤望着
隔壁农场的野孩子们
把捉来的蚱蜢串在狗尾草上
蹦蹦跳跳地
拿去喂鸡

我把这些儿时的回忆
串在一些仇恨上
挑选一个良辰吉日
扔进自己的血泊里

我以为
大人们的痛苦
便是我死亡的价值

火鸡·恩人

炮声隆隆
濒死的罪犯瘫在界碑上
瘦街的那一边
悄悄递过一碗清澈的水

战乱浩劫
暴殄生灵
却也饶了一些
不知是否该救的命

每到感恩节
火鸡烤香无处不在
他却独自嚼着
心上的债

虱·寄生虫

饥饿是不狰狞的魔鬼
一个接一个地
杀掉我的宿主
逼我颠沛流离

中原的一阵寒风　几分暴晒
对我已是世界末日
你看命盘转转停停
我们怎会这般娇贵

总之
管它 1942 还是 1962
反正虱子不会傻到
把自己分解
去讨好整个社会的
代谢

猞猁·猎人

涨潮的易北河
顽皮地抹去岸边的步迹
荒废了猞猁
一整天的宁气屏息

它开始羡慕
你为何享尽了
波西米亚的散漫
亦可轻易逃出生天

运气
是生活拿来玩弄生命的
你看
每当疲惫的猎人所获无一
寒冷的冬季便及时来袭

蜂鸟·后代

哈瓦那的海风和雨水
滋养初生的蜂鸟
日益强健的翅膀
却带她飞往佛罗里达

那些红色的奶瓶
对于庸弱的后代来说
只是些产蜜的花朵

由此可见
微小的身体
只装得下微小的
信念

海象·怀旧者

远漂楚科奇海
还是望不见那片永冻区
儿时的阳光下
我们并肩躺过的地方

一年一年
天已变暖
我们也渐渐看不清眼前
再不能走远

尽情怀念吧　衰老的海象们
趁着黄昏的温度　还未融化
那世界的尽头
记忆的极限

鸳鸯·情人

湖风剪山影
凌波点荷心
娇柳垂岸掩风情
笑惹一池娉婷

大明晴烟戏飞雨
美景自在由仙侣
息蛇语　折蛙鸣
静待浮生谁与襄

今生只作痴情鸳
君可愿为鸯?

啄木鸟·医

哈尔施塔特的雪开始消融
我把病痛　藏进林中
静候宿命归零的那刻

啄木鸟
似位老练的医
面无情绪　诊我身体
啁啾几声　直戳我疾

咚咚
咚咚
这是
它敲打初春的声音
像在敲打着
我死去多年的心

蚌·离人

大禹离女娇
霸王别虞姬
涂山顽石烈
垓下萧风愁
蚌笑磨砺苦
行泪辞珍珠
造化不弄人
何来千古情

犰狳·叛

我以为
他是一位值得信赖的莱昂武士
每一次战场上的握手
都是和平的希望

可谁知
那身正直的铠甲
与坚毅的双眼下
却是阴险的皮肉
与胆怯的野心

这只圆滑的犰狳
执起用背叛伪装的橄榄枝
毫不留情地
刺进我的心脏

从此 我的祖国
再次 叛声四起

瓢虫·挑食者

赊了酒旗
我只专心吃着我的蚜虫
咔嚓作响　浆汁飞溅
管它什么营养均衡
管它什么修养品味

人轻语微的瓢虫
凭什么连挑个食儿都被指摘?
一片枯黄的秸秆地
这已是我们梦中
仅有的特权

螺·沉睡者

子城残破
南水沌浊
烟雨楼空
无人赏墨
只余　孤舟　浮影
桨卧　锚落

这世间
山珍扰官贾　盲乱辨对错
谁也无暇捞那湖里　沉眠不醒的螺

继续睡吧

他们做的梦　也许
正把他们自己感动
再也不想醒来

鳗·洁癖患者

鳗 一遍一遍
在深海河川间 游走
洁净的水 如价值观一般
日积月累
再难接受污泥的味

我们
蒙住精神的眼睛
大口吸着自造的肮脏
陶醉地喷吐黑色的恶
撕心裂肺地嘲笑 那些
羸弱的 洁癖患者

布谷·邻

礼貌的布谷　请我陪她等
迟到的春
如此　心若寒冬的我
轻易地　打开枯朽的门

盲目的热情真是让人愚蠢

谁会想到
这位面目和蔼的邻
悄无声息　先夺去了我的床
竟又盗走我的
爹娘

章鱼·囚

地不老海峡那一边
有这水上最温和的城
谦恭有礼
与世无争

可我们这群执拗的章鱼
还在水底 盲目地兜转
最后 钻进沉船里的瓶瓶罐罐
将精神囚禁 千年万年
以自闭来求得
那虚无飘渺的
安全感

蜥蜴·我

从风呼雨啸的胡乱世界，
缓缓爬进她平静的窗，
容我擦拭无奈，
收拾狼狈，
拧干绝望。

真的，
其实，
桌上那一张白纸，
便足够收留，
我所有的哀愁。

她说，总会有那么个人
拾起我的断尾，
藏作无聊的纪念，
或是，
存作残缺的标本。

当你看见了永远，
它无论忧伤还是喜悦，
那一刹，
请勿忘了我，
曾是这世上，
最美的蜥蜴，
最冷静的花。

第三辑 【读星术】

终于回到家中。

诗人拾起一本《希腊神话故事》，举过头顶，遮住满天的星辰。

他有些感伤。

因为他不知，如何凭借那黄道十二宫预测出你的命理；也不知，如何能让你惊讶地发现，原来头顶夜空的纷繁，是由 88 个神秘的星座绘就的；更不知，哪一天你才会读到，它们背后隐藏的故事。

所以，他写下 88 首简单的诗。由你，来念给天上的星，听～

水瓶座·流失

你的远去
轻而易举

我倾尽瓶中遗爱
不再等你归来

像酒僮装作看不见
主人轻浮的醉态

双鱼座·触碰

每一次迁徙
都是一次逃离
很多人分开
很多人遇见

再深的想念
也不如
把我们绑在一起的
那根绳线

牧羊座·矛盾

拯救我的人
也令我失去
夺了全羊毛又有何用

最刻骨铭心的
不是亘古不变
而是那时的
你情我愿

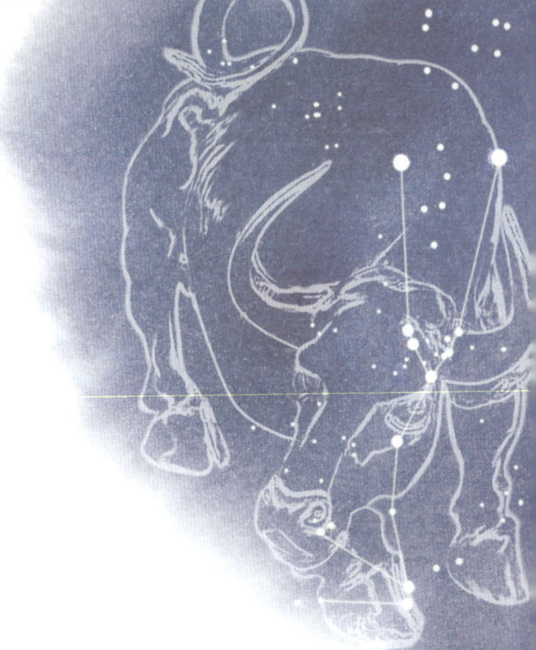

金牛座·断裂

换了身牛皮毛
才得以进入你
冷酷却肉欲的世界

你是如此真实
怎会在他的虚伪前
失去矜持

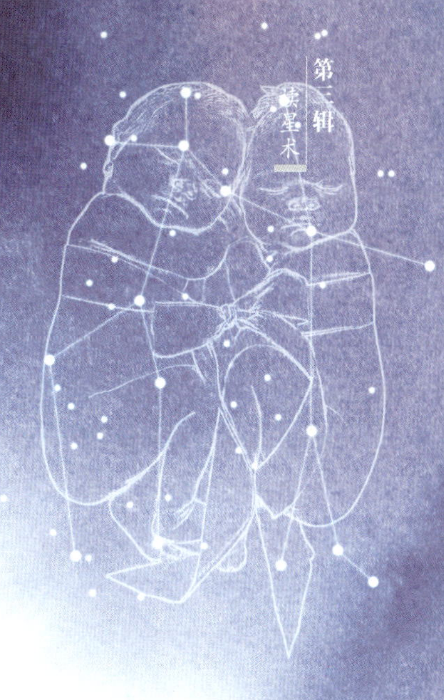

双子座·纪念

永别
可以很壮烈
偏偏我选了纠结
你选了戏谑

那之后的日子
你在空中俯瞰我时
是否　也与我一样
空着身边的位置

巨蟹座·秘密

爱情是种愚忠
它紧紧钳住一些虚幻的希望
让你有再多的腿
也跑不到远方

可我想问为什么
你却总是避开我
像避开玫瑰上的刺
避开你心中的火

狮子座·固有

敢于与你缠斗
是想试试
恋爱中的英勇
能否扼住你的喉咙

你永不认输
直到生命之终
那个杀死你的凶手
便成了天大的英雄

室女座·心事

思念
把等待变成一场磨难
心中的凄美
瞒不过天地一片荒芜

看
你回归后的每一次离开
将又是一场春去冬来

天秤座·境界

她转身就走
你为何还优柔
平衡往往源于争斗
其实伸出手便可挽留

爱情中什么最重?
一个妥协的笑容

天蝎座·奈何

你似乎从不追求公平
爱　是蜻蜓点水的浅吻
恨　是致人死地的蛰扎

冷漠
其实是种威吓
惧怕
是征服你唯一的方法

射手座·鲜明

强健与博学
让我游走四方
不知疲倦

可这样
看尽了天下薄情
你是否还会
用一生的幸运
去交换另一个人的生命

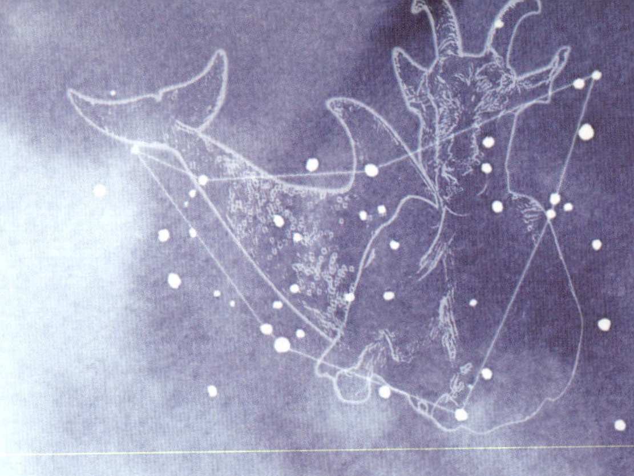

摩羯座·遗落

不喜动荡
于是处处避让
最终
我们得到了什么？

回望遗落的
青春的碎屑　一地
它们细小到
我们长大的手
已再也　拾不起

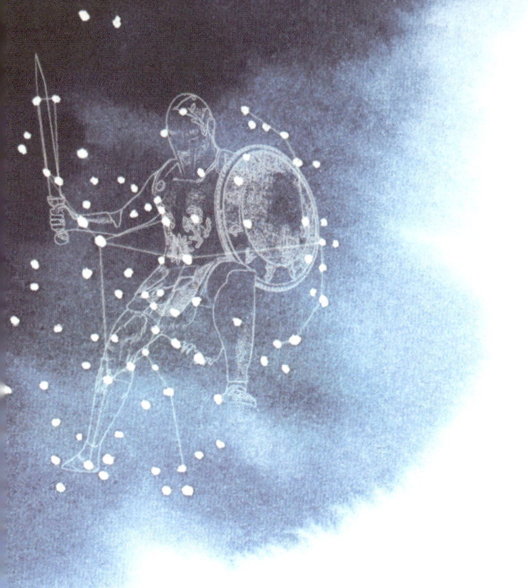

猎户座·无言

一个故事落幕
换来一声唏嘘

爱神之箭
这一次竟射穿了
情人的头颅

飞马座·灵感

爱情里的天马行空
还挂着些许血污
我把它们都写成了诗歌
你说我的灵感都是罪恶

小熊座·失真

很久不见
屏息　你的眼神
从陌生渐渐温暖

讨厌！
为何
我已变笨
你才知情深

长蛇座·复生

你残酷地灼烤我的伤口
原来是断绝那旧情复活
你笑得像个恶魔
我却听出怯懦

大熊座·幸存

看着光鲜亮丽的你们
被现实折磨地淫叫不已
我
暗自躲在丑陋的皮囊里
苟且偷生

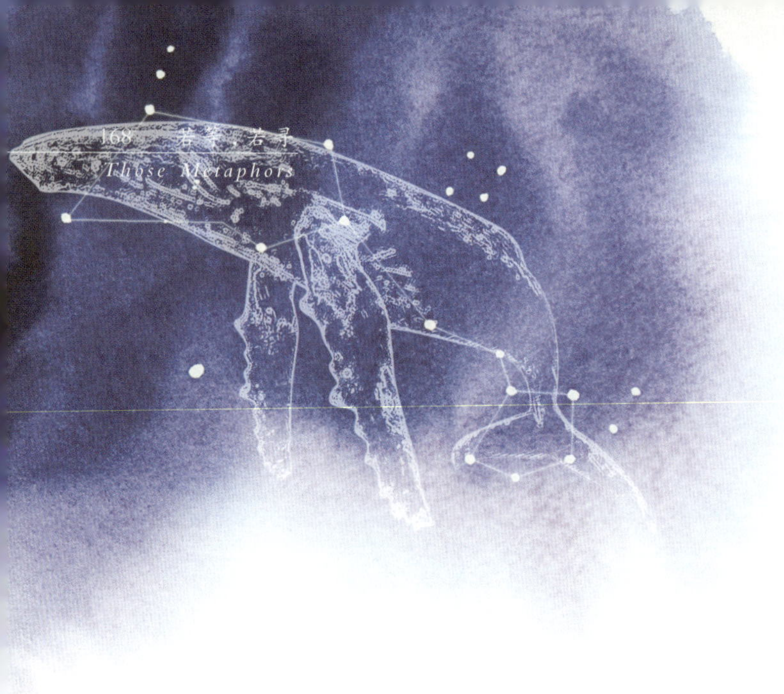

鲸鱼座·生硬

美人在眼前
我却只想一口吞食
并非目光短浅
而是本能作祟

在众人的咒骂声中
我化作岩石
不再动弹

武仙座·万能

海枯石烂后
爱情散得飞快
问你是寻是等?

你仍不应声
继续放任
我的那些无所不能

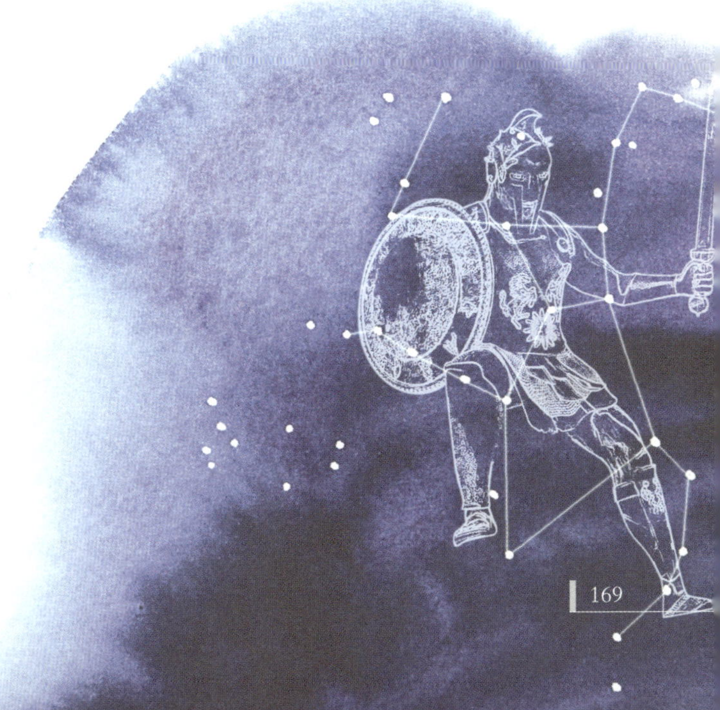

波江座·浮沉

获爱的孩子
兴奋得像个河边策马的疯子

你可知
幸福的脆弱
一旦跌落
便被世事淹没

天龙座·守护

柔情的铁汉
注定是单恋的奴隶

他守护的
只是他自己
存在的意义
而已

蛇夫座·托梦

梦中
你推开虚弱的门
轻易破了我的城

我祈祷着
吻你的膝

但愿
手执毒药的
不都是恶人

半人马座·兽性

停不了下半身的野悖
上半身还装作委曲
人啊
往往就这么点儿出息

牧夫座·不懈

生活有时候
是一种盲从
我们只是不停地追赶
身前身后
都是暴躁的伙伴

鹿豹座·错误

你开的玩笑
都成了我的真理
甚至难忘
每一次
你叫错我的名字

天鹅座·迷惑

茫茫星空
有一颗邪恶为你坠落
它若化身天鹅
你是否甘愿被迷惑

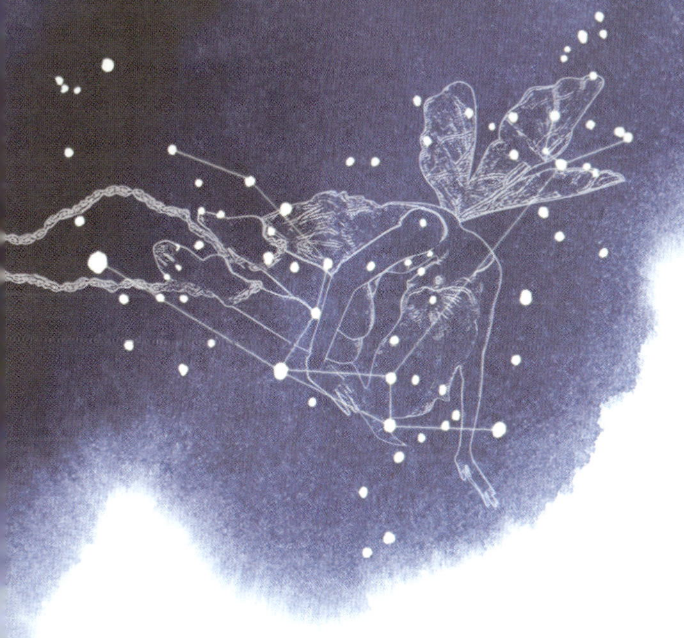

仙女座·束缚

今天看见一个孩子
捏紧了拳头呐喊自由
他刚刚甩掉的锁链
正绑在身边姑娘的手上

船尾座·残留

一颗坚毅的心
就如这条历经风浪的船
千难万险中
载我逃出升天

遇见你
它却沉没

御夫座·高手

一个忠于守职的爱人
平静地驾驭着命运之轮
把你身后坐着的魔鬼
一个个甩下车去

一边和你说着笑话

天鹰座·化身

使命
不是送你飞天的双翅
而是骑在你背上
一个不苟言笑的
幽灵

巨蛇座·拆分

我怎么也学不会
将安逸与追求拆分
你紧紧环抱我的身体
缠绕住我的野心

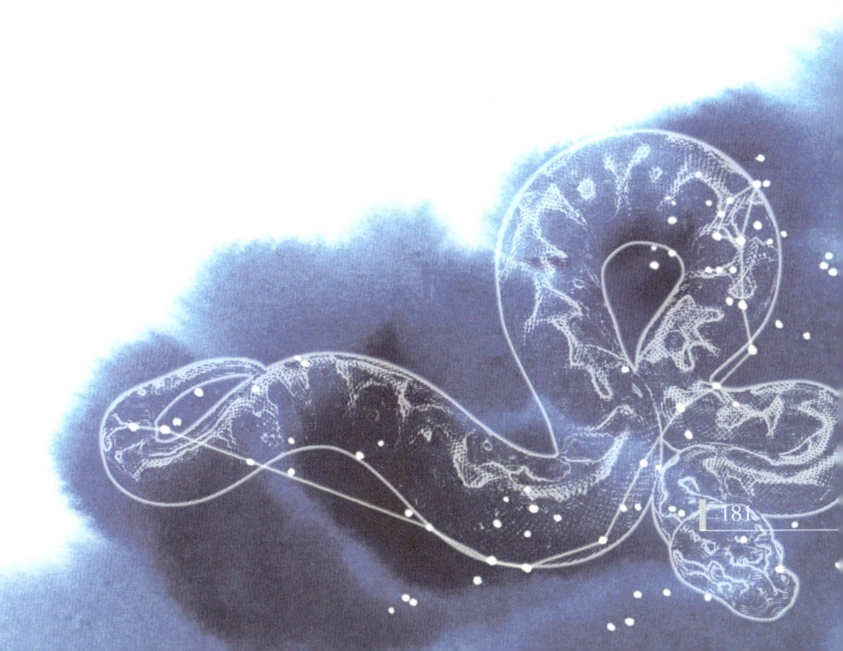

南十字座·忘却

那些最初的人
早就关上了记忆之门

无所谓

遗忘你的
都是些值得你遗忘的人

英仙座·拯救

当人们习惯了
接受你一次又一次的拯救
那么 一次失手
便是你一辈子的丑陋

仙后座·妄语

神不会容忍被凡人超过
所以 听着
你可以美的倾城倾国
但是 不可以说

小马座·奔波

诚实
是这世上最慢的马
它最后一个送我到达
却见你已穿上
谎言织就的婚纱

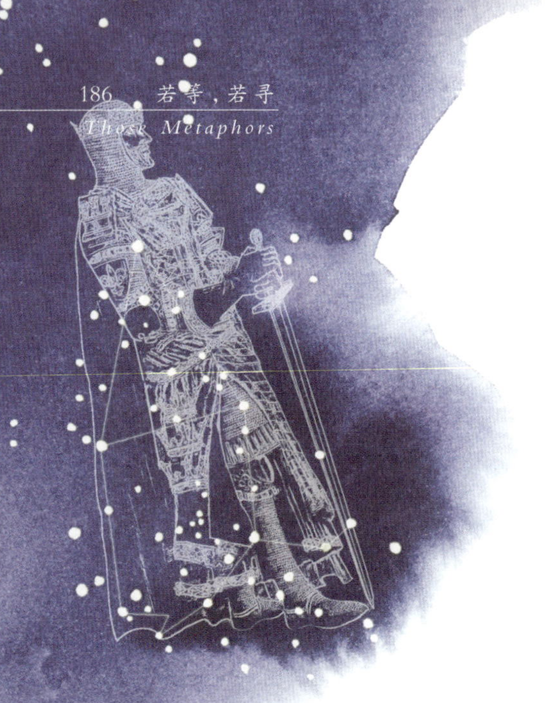

仙王座·方正

王善变

国失方正

莫骂

这天降大任

于我于斯

其实都一样

天猫座·看破

看破的人
下场可不美
有的已赴死
有的正闭嘴

船帆座·催眠

仰卧在甲板上
望着星空
回忆往事
数船帆上的洞

唉
别人口中 充满希望的未来
对我却意味着
无限接近的 晚年

南极座·黯淡

丢弃族徽
黯淡的阴云即刻将我笼罩
当我无心追逐荣耀
你便无力陪我逍遥

天兔座·凭空

为何我只用一生奔逃
便可换你一瞬微笑
而他却要耗尽
那整整一箱财宝

天箭座·终结

再宏伟的故事
总有个简单的结局
例如
我穿越时空历经艰险受尽折磨胸口中箭
　奄奄一息向你求爱
你说不

船底座·快乐

灵魂升天
我看见生命的底部
原来快乐就躲在那里
最后一个离开人间

麒麟座·陌生

这里有我不认识的一切
包括一见钟情的你
你的话像泼下的冷水
陌生只是一种寿命很短的美

玉夫座·琢磨

你的眼神
若是欣赏
怎会一下一下
让水凳上的我
生疼

凤凰座·愤怒

每五百年
你重生　我衰老
看着你一次次怒火中烧
我一次次地笑

猎犬座·追随

当你永远跑在前面
便不见身后的一切
直到你生命最后一刻
才知谁人不可追随一生

天炉座·反应

爱情
若是高温下的化学反应
你是否会同样珍惜
那剩下的有毒残渣和废气

后发座·奉献

征战至此
已知相会无期
是你脑后的一缕情丝
长护我不死

大犬座·悖论

崎岖这一生
情路上
还是灾难后
我永远找不到那个注定会被我找到的人

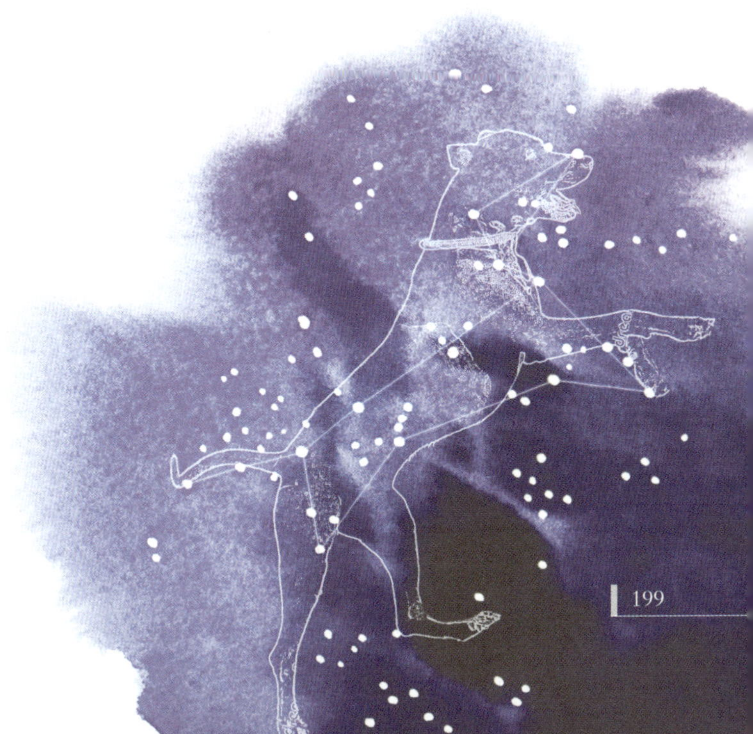

孔雀座·催眠

一百只眼
也辨不清正邪
我只好用一场睡眠
表示我的弃权

天鹤座·青春

夏日过去了
候鸟飞走了
歌声消失了
她也转身离开了

……

一生过去了
只有一样
我永远没有等到它回来

六分仪座·角度

当我成了你
那些没出息的眼泪
原来是丢掉的狼狈

当你成了我
那些硬生生的冷漠
原来是藏起的软弱

杜鹃座·撒娇

聪明人啊
白费了辛苦熬浓的沧桑
你那怀中的美人娇嗔
只是一抹刀尖上的蜜糖

巨爵座·陷阱

看见火就吹风的家伙们
妄谈什么正义邪恶
先看看清楚
是你们的爹娘
在那瓮里煮着

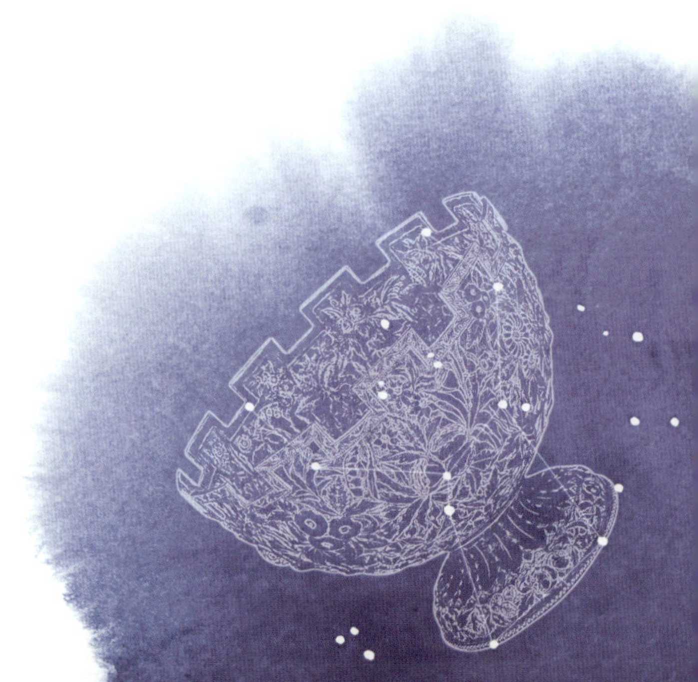

天鸽座·自由

你飞得很远
以为那是自由
我想
你已没有气力回来

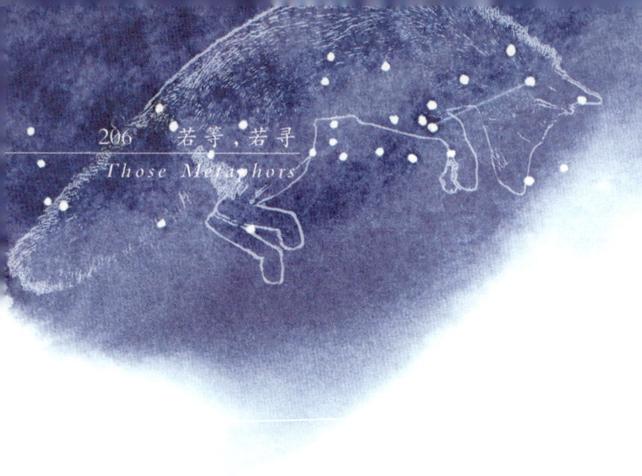

狐狸座·隐蔽

我斩断自己的尾巴
与它彻底决裂
你们把它吊起来示众
上面写着我的名字

望远镜座·宏观

你以为看清了那些
一生不可触及的事物
便能轻易地
看清我了

显微镜座·微观

我从未在意的那些点滴
在你眼下竟是滔天的洪水
于是我的一根手指
也成了毁灭世界的武器

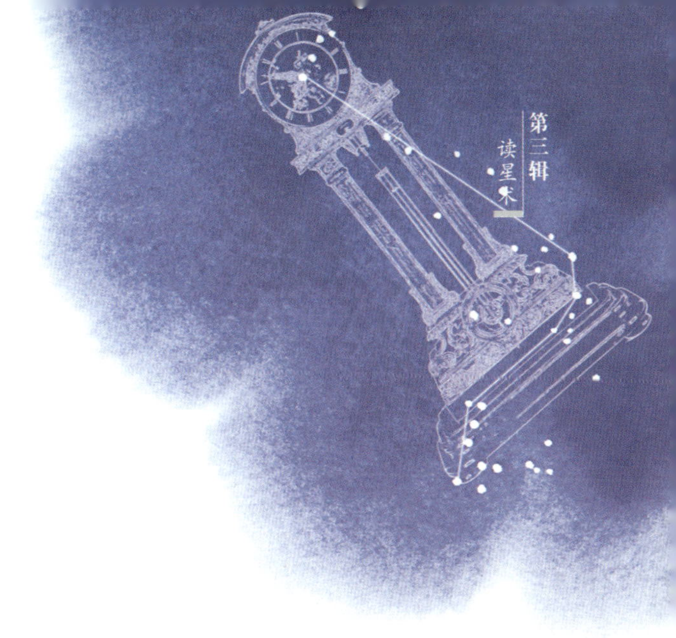

时钟座·摇摆

每个有立场的人都找到了自己的阵营
我却挂在时钟下面
虽然摇摆
但我公正而准确

绘架座·支撑

很久很久以后的分开
伤透了
支撑我们再次相见的
那一点点信念

南鱼座·逃离

逃出爱情
望着一片沙石与林海
我为什么会这样地
伤心

水蛇座·远走

一些年
我们习惯了离现实越来越远
谁又会在终点等着
残酷地叫醒我们

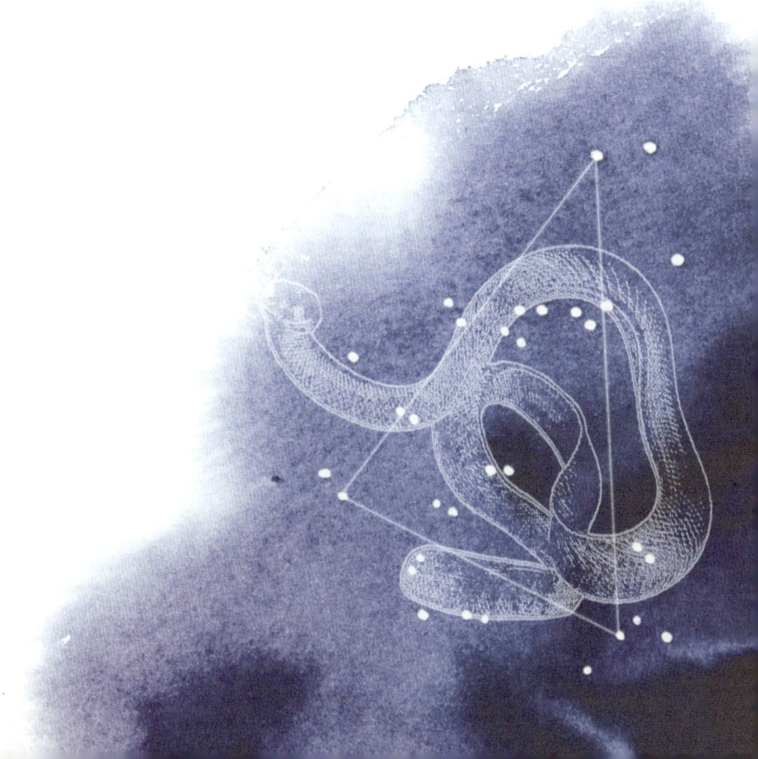

唧筒座·压力

我负着重压
想走得更深沉
你看着我
一天天变得矮小

天坛座·会意

我再也不用成功
去维持祭坛上的圣火
它虚弱地飘摇　殆尽
就像你无力的心

小狮座·依赖

爱是种祸害

我本逍遥自在
如今却惧怕失去
那些令人烦恼的依赖

罗盘座·方向

所有人都指着
同一个方向
于是我顺着它
走到了生命的反面

天燕座·难舍

让我不舍的
不是唇上的情香
而是你离去时
就不回头的倔强

飞鱼座·正义

正义
一直在他们的伶牙俐齿里
荒唐

从不敢下水
却大谈吞浪

蝎虎座·卑耀

那些展翅高飞的
都是胆小鬼
有本事
来陪我慢慢爬

圆规座·尖锐

扎透那个基点
我才画出一个满圆
疼痛时
你才有最厉害的哲思

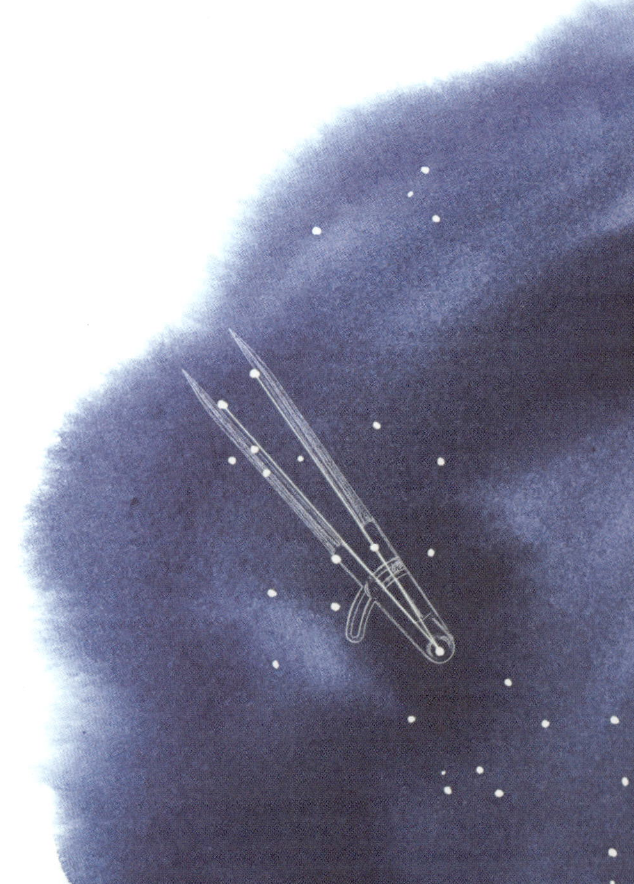

剑鱼座·余地

毫不留情
你刺破了世界
却在我心前一毫米处
停下

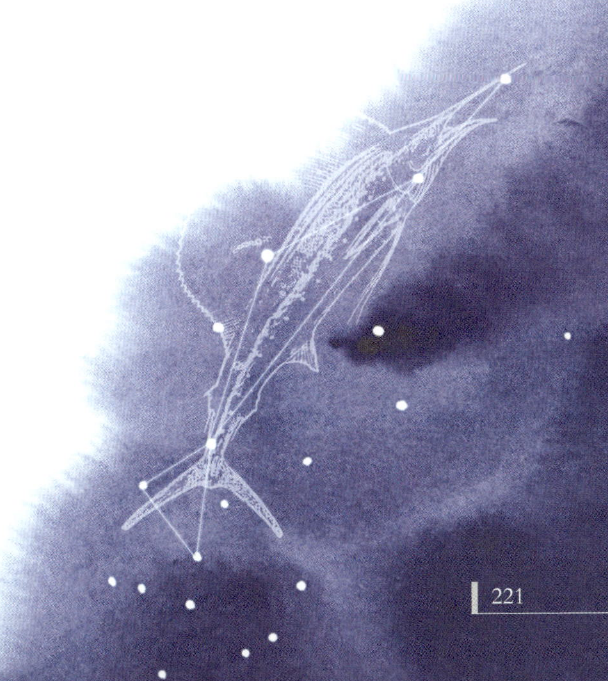

南三角座·之间

人与人之间若是等距
会了无趣味　还是会再无龃龉
闲人尽思考这类傻事
却还不忘嘲笑
忙人的风尘仆仆

海豚座·诗意

大部分人所失去的
才是你应去追寻的

若是真的寻到
请把这诗意护送到岸

雕具座·乌有

只有虚幻的意识流
让空洞显得隽永
它把我的乌有
雕刻成无穷

苍蝇座·唾弃

当我被人们唾弃
我想他们只是不喜我的样貌
当我被你唾弃
我想你只是累了罢

矩尺座·考量

抬起手
放下手
你说生活真那么简单
为什么我却总交白卷

北冕座·笼草

你的头顶
有我不可触及的堂皇冠冕
它有时看起来像是宝石
有时像是乌云

小犬座·友善

跟在你的后面
很吃力却也总是追不上
不是我跑不快
而是我　善对你的友善

山案座·胸怀

仰视
是个令人晕眩的动作
我不需要让我压抑的伟大
我只需一个容我之身的小小胸怀

盾牌座·守护

故事直到尾声
才开始像个戏剧
我从伊始执起强盾　死死抗拒
竟慢慢转身　变成一生守护

网罟座·良知

你是否
偶尔也会低下头
望望那些从你道德的筛网中
不经意漏下去的良知

南冕座·荣誉

我生得一个姓氏
便获千秋万代沿袭
这荣誉
授我一世寒意

三角座·牢固

可笑吧
彼此再怎么虚弱冷漠绝望愤怒
都无法动摇
我们物理上的牢固

蝘蜓座·伪装

我羡慕的那些勃勃生机
总是伪装成忠实的拥趸
悄然爬上我的手臂
向我索要眼中的深意

第四辑　【色·情】

诗人有时就是个孩童。

他把实验室搬到了这里。尝试一些新风格，对他来说是疯狂的开始。

请先后享受他调配制出来的：

朦胧诗，现实主义，自白派，表现主义，乡土诗，主观主义，象征主义，战歌，讽刺诗，街头主义，意象主义，荒诞主义，短史诗。

呵呵，好麻烦的孩子气，五颜六色的。

一起玩。

蓝的昏沉

在迷茫的光明到来之前
诞下了我
然后我渐渐地成长
把很多美丽和丑陋戴上颈项

生活是片雾气茫茫的坎坷迷境
一路尽是我遗落的梦想与爱情
长久的黑夜把人性拢进阴影
那我只能彻夜哀鸣

对不起
你虽予我生命
我却予不了你
深海般的安宁

黑的喧哗

你忘了自己是山妖和水鬼的后代吗？
你早该在黑夜里
把那些炸山取石截水造坝的匪儿们
剥皮抽筋灭了魂

娼妓的后代　愿把纯洁的性器献给你
请你让那些垂死的病人停止自慰
麻痹精神的道德毒气会让他们死于内耗型窒息
社会溃烂成脆弱的纤维体
一张钞票就把它压得粉碎

天啊
我怎么会忘了自己也是穷人的后代
呐喊的暴民刚把火种拿近
我就吓得断了呼吸

白的龃龉

瀑布毫不留情地坠落
从钢筋大厦之巅
无数子孙后代
摔得飞溅　噼噼　啪啪
白云被机翼切割
骨折的声音震耳欲聋
风痛哭流涕
淋得这城市锃亮得刺眼啊
我捂着头上的枪眼倒下
血汩汩地
父亲却什么也没看见

黄的迷失

河南的妮儿嫁去了陕西
她怕啊
怕听不懂他们的言语
怕洗不净他们的衣裤
怕生不出个胖小子
怕没几天就想逃回家
还怕那黄土高坡的风沙
把她吹得迷迷瞪瞪
从此信了男人们的鬼话

靛的常数

那是生命极限的膨胀
把我全身的粒子　一一透支
在没有昼夜的时空里　沿着以太急速行走
像不知疲倦的方程式

我的灵魂陷入了绝望的争吵
不停践踏那些被抛弃了的理论
妄图用大声的口号去丈量忠诚
再把脑中忿怒的物质　涂在别人脸上
让太阳暴晒　刻成疤痕

还是自己醒来吧　趁着尚且懵懂
因为没人　会解释这些梦

从此
我不再憧憬
儿时薄荷味的宇宙
和那袖里　无限的风

橙的沙漏

眼前一片橙色的海市蜃楼
我独自捏着夜，倒挂
在快要漏完的沙池里
看它渐渐隐走

心绪肆虐的岁月里
我仿似一世也游不完
这小小瓶里
枯黄的汪洋

不再听见无关的虫鸣和乐声
生命从此颠颠倒倒
让我享受
每一次无奈的空手

绿的隐章

二月的朝霞将硝烟呛红
我手中骄傲的旗 还仰望着顶峰
号声畅响
士兵们执起恋战的枪

军人从不惧 粉身碎骨
隔着奇穷河的波涛 将挽歌唱成进行曲
血火淋漓中 把梦想死死扣在盔帽下
越过战友的残体 抠断扳机 扎弯刺刀 宣泄愤怒
当我们冲上高地 成为唯一的活物
开始歇斯底里 数着敌人身上的弹孔

究竟谁会原谅 正义的屠戮
反正不是那
弹坑里的头颅

我眺望陌生的山
安慰肩上光荣的疼痛
此刻 小小的乡愁
怎会如此地 震耳欲聋

灰的暗笑

晨跑到小区门口
突然窜出一只秃了毛的灰狗
挡住去路
对着我大吼

看门的保安小刘
拿了根棍子把它赶走
然后拍拍我的肩

"嘿　大诗人　快过年了
帮俺写副春联儿呗"

紫的虚荣

<孤独>

投中制胜一球
我高扬着手臂独自走出沸腾体育馆
用大块的毛巾擦汗
路过的少女们眼神崇拜　却纷纷绕行

观众陆续退场干净

我还站在车前
研究那张雨刮器下的罚单
抓耳挠腮

<无名>

戒了在烟雾缭绕的地方出没

酒吧
路边摊
棋牌室
网点

台球馆
还有　赌场

嘴里叼着木制绵签一个人去五星酒店大厅里听钢琴独奏
整条后街少了我也不会有人察觉

<七>

一周没睡

时差重重砸在我头上
一切都混乱了

尤其是那性欲
从此夕去晨回

粉的抑郁

每天早晨　我吞下一粒药
它是微不足道的
顺着消化道落下的白色雪花
在粘乎乎的岩浆里熔化

六小时后
火山又一次被阻止喷发

咖啡的遥感

我伏在桌脚
盯着一只咖啡杯
整整一个暖洋洋的下午

它安稳地像钉在桌面上一样
于是我没有找到地震的迹象

我去盯另一个咖啡杯去了

肉的哀歌

★

有一句实话

木马大得足以让整个城市陷入阴影
惟独在城里无法做到

国王都是经不起激将的角色
不假思索收回战利的祭祀品
狂欢过后的夜里
所有的男人在自己酒后横流的口涎里
被沉默地杀死

爱琴浅海的薄珊瑚被驶离的木船刮伤
帕里斯永远看不见城墙上捂住眼睛的海伦了

爱情可以把生命变短
可以把刀锋变长

我向后退

在一个从未保持过的距离遥遥抚摸你嘴呼吸出的游动空气
勾勒出另一个人的样子

一个浑浊的小水潭
竟可视觉神注定赐予的女人
值得信赖么
我天天浇水花还是渐渐枯萎

脱漆的墙上无知的蜥蜴坚持一深一浅地爬
我捏着它断掉却仍在扭曲的尾巴
体会这是何种没有痛感的外伤
只记得你喜欢说 "也许"

在这荒乱的特洛伊
嘈杂室内　我仍听见
你远去时
沙粒落地的声音

后记

有人问我，为何写诗。

我说，因为，有很多人在这世上彷徨。他们需要诗，陪着他们，

若等，若寻。

这是一本，需要极大想象力才能读完的书。

因为它太过浓缩凝炼，惜墨如金。

它把诗人最柔软、最脆弱、最情绪化的内心，包裹进一些无人问津的历史和神秘待知的风景中，用安静的语言，淡淡地诉说出来。

费解，却又充满吸引。

你会在这，找到你生命诞生的那月，这世间发生着的纯美爱情；

你会在这，看到你最喜爱的那种动物，一生在你身边，扮演的小小角色；

你会在这，望见头顶的一片星空，和它们在闪烁时悄悄隐藏起的凄美传说；

你会在这，沾上一手你最爱的颜色，涂抹自己试图把握的生活。

能在这个浮华得略显荒唐的世界里，出版这样一册高成本的非主流诗集，不能不说是一次大胆的尝试。这也完全符合诗人一贯的实验主义生活观。

假如你对这本书中的未知存有兴趣，敬请期待解读本的出版。

感谢出版本书的《星星》诗刊，特别感谢《星星》诗刊主编梁平老师。感谢《星星》诗刊副主编靳晓静老师为本书作序，感谢李天靖和向以鲜两位老师热情推荐本书，感谢为本书顺利出版殚精竭虑的汪其飞先生、李斌编辑。感谢美丽的插画师子青左小姐为我的诗配上动人的手绘插画和封面设计。

感谢这些年来无论高调还是默默支持着七九的读者、朋友和亲人，永远爱着你们。